U

Osman

Der Dschinn in der Klemme

Oetinger Taschenbuch

Für M.
in großer Dankbarkeit

MIX
Papier aus verantwortungsvollen Quellen
FSC® C083411
FSC www.fsc.org

Das Papier dieses Buches ist FSC®-zertifiziert und wurde von Arctic Paper Mochenwangen aus 25% de-inktem Altpapier und zu 75% aus FSC®-zertifiziertem Holz hergestellt. Der FSC® ist eine nicht staatliche, gemeinnützige Organisation, die sich für eine ökologische und sozialverantwortliche Nutzung unserer Wälder einsetzt.

1. Auflage 2012
Oetinger Taschenbuch GmbH, Hamburg
Februar 2012

Titelbild und Illustrationen: Ute Krause
Druck: CPI – Clausen & Bosse, Leck
ISBN 978-3-8415-0147-9

www.oetinger-taschenbuch.de

Inhalt

Wie alles begann

Eigentlich war nur ein dummer Zufall schuld. Hätte Knödel nicht die ganze Milch ausgetrunken und dann den leeren Karton wieder in den Kühlschrank gestellt, wäre Anton Metzger nie am Samstagabend losgezogen, um noch Milch fürs Wochenende zu besorgen. Und wäre der Supermarkt nicht schon geschlossen gewesen, dann hätte Anton sich nie in den Nachbarbezirk mit seinen engen Gassen und verwinkelten Häusern verirrt. Nie hätte er dort den Eckladen betreten, in dem die ganze Geschichte ihren Anfang nahm.

Anton kannte sich noch nicht so gut aus in der neuen Stadt. Seine Familie war erst vor Kurzem nach Wien gezogen, weil Papa dort von seiner Tante Ellie ein Häuschen geerbt hatte. Es war nicht gerade ein Palast – eher eine Bruchbude, wie Mama sagte, die jeden Tag einen neuen Grund fand, die Hände überm Kopf zusammenzuschlagen. Im Keller blätterte der Putz ab, es tropfte durchs Dach, und wenn sie einen Stecker herauszog, gab es einen kleinen blauen Blitz. »Das Haus frisst uns noch die Haare vom Kopf«, stöhnte sie. Aber Papa ließ sich nicht beirren. »Wir krempeln die Ärmel hoch, machen dieses Jahr keinen Urlaub und ihr werdet schon sehen. Es wird alles ganz toll«, sagte er.

Bis jetzt war es überhaupt nicht toll gewesen. Es waren die blödesten Sommerferien, die Anton je gehabt hatte. Nicht genug damit, dass er sich mit seiner Schwester Fanni rumärgern musste. Nein, er musste auch noch mit Papa einen Graben um das Haus buddeln, bis er Blasen an den Fingern hatte, während Fanni – genannt Knödel – mit Sonnenbrille und iPod auf der Liege lag und sich die Nägel lackierte oder mit ihrer neuen Freundin Lilly zum Reitstall verschwand. Papa hatte es aufgegeben, sie um Mithilfe zu bitten. Sie hatte nur rumgenörgelt und dann einen Heulkrampf bekommen, weil sie sich beim Graben einen Nagel abgebrochen hatte. Danach hatte sie den Spaten hingeschmissen. Am liebsten hätte Anton das Gleiche getan, aber er wollte Papa nicht mit allem alleinlassen. Mama war im Büro arbeiten und hatte abends keine Energie mehr, mitzuhelfen. So blieb alles an Anton hängen. Papa sagte nur seufzend, bei Teenagern setze eben das Großhirn aus und er sei froh, dass Anton noch kein Teenager war.

Heute, am Samstag, hatte Knödels Großhirn also wieder einmal ausgesetzt, als sie den leeren Milchkarton zurück in den Kühlschrank gestellt hatte. Erst am Abend, als Anton sich ein Glas eingießen wollte, hatte er bemerkt, dass der Karton leer war. Knödel war natürlich bei Lilly und der Einkauf fürs Wochenende längst erledigt. Es blieb ihm nichts anderes übrig, als bei der Hitze durch die menschenleeren Straßen zu gehen, um einen Laden zu finden, der noch offen hatte. Er war eine ganze Weile unterwegs, bis er endlich einen entdeckte.

Anton wischte sich den Schweiß von der Stirn, als er die Klinke der Eckladentür herunterdrückte. Das Bimmeln der Türglocke schreckte einen grauhaarigen Alten hoch, der an der Kasse eingeschlafen war.

Er blinzelte Anton durch seine Lesebrille an. »Na, du bist aber spät dran.«

»'tschuldigung«, murmelte Anton. »Haben Sie noch geöffnet? Ich … ich brauche Milch.«

»Dort drüben.« Der Mann deutete mit einer Kopfbewegung in die hintere Ecke des Ladens.

Anton schob sich an vollgestapelten Regalen vorbei. Das Tageslicht drang nur schwach nach hinten. Eine uralte Kühltruhe brummte laut und Anton ging im Halbdunkel in Richtung des Geräusches. Als er die Milch aus der Truhe genommen hatte, fiel ihm ein Geldstück aus der Hand. Es kullerte unter ein Regal mit Getränkeflaschen. Leise fluchend bückte sich Anton und fischte die Münze unter dem Regal hervor. Der Boden fühlte sich klebrig an. Hier hatte bestimmt seit Jahren niemand mehr sauber gemacht.

Die Kühltruhe hatte eine Pause eingelegt. Anton wollte schon wieder aufstehen, da hörte er in der Stille ein leises Geräusch. Es kam aus dem untersten Regalfach und war eine Art Kratzen

oder zartes Piepsen. Anton beugte sich noch etwas dichter ans Regal und lauschte.
Vielleicht eine Maus, dachte er und wollte sich gerade wieder aufrichten. Da hörte er es noch einmal. Es klang gedämpft wie eine Stimme aus einem leise gestellten Radio. Neugierig rückte Anton die verstaubten Getränkeflaschen beiseite und schob den Kopf zwischen die Regalbretter, um zu lauschen. Was konnte das sein?
Da! Jetzt hörte er das Geräusch noch einmal, diesmal etwas deutlicher. Anton streckte den Arm aus und tastete im Dunkeln, bis seine Hand etwas Hartes berührte. Er zog es hervor. Es war eine kleine goldblaue Flasche – keine normale Getränkeflasche. Sie war dick mit Staub bedeckt und es klang, als dringe ein dünnes Stimmchen aus ihr.
Antons Herz klopfte vor Aufregung. Er hielt die Flasche ins schwache Licht und überlegte, ob er den Verschluss öffnen sollte.
»Brauchst du Hilfe?« Der Ladenbesitzer war aufgestanden und schlurfte ein paar Schritte auf die Regale zu.
»Nein, schon gut. Danke. Ich hatte nur mein Geld verloren.« Anton schob schnell die Flasche in den Hosenbund, ging nach vorne und bezahlte die Milch.
Der Ladenbesitzer sah ihn scharf an. »Alles in Ordnung?«
»Alles in bester Ordnung«, antwortete Anton, der es auf einmal sehr eilig hatte, nach Hause zu kommen.
Als er schon auf der Gasse war, nahm der Ladenbesitzer seine

Lesebrille ab und schaute dem Jungen lange nach, bevor er die Jalousien herunterzog und die Ladentür verschloss. Dabei erinnerte er sich an den merkwürdigen Traum, den er gerade gehabt hatte: irgendetwas mit Kriegern auf Pferden, die komische Fellmützen aufhatten und in einer Sprache fluchten, die er nicht verstand.

Das Geheimnis der Flasche

Antons Schwester war pünktlich zum Ende der Grabungsarbeiten von ihrer Freundin zurückgekehrt. Sie half gerade Papa, die Schaufeln in den Schuppen zu bringen, als Anton das Gartentor öffnete.

»Hallo, Schatz«, sagte Papa. »Hast du noch Milch bekommen?«

»Ja«, antwortete Anton.

»Super«, sagte Knödel.

Anton warf ihr einen vernichtenden Blick zu und ging ins Haus.

»Launisch, der Kleine«, hörte er Knödel zu Papa sagen. »Versteh gar nicht, was er hat.«

Mama stand in der Küche und schnippelte Zucchini. Anton huschte an der Küchentür vorbei.

»Hallo, Schatz, hast du noch Milch bekommen?«, fragte Mama. »Wo warst du denn so lange?«

»Irgendwo in der Altstadt.« Anton hatte die Milch in den Kühlschrank gestellt und war bereits an der Tür.

»Und da gab es noch einen offenen Laden?«
»Ja, der Besitzer war eingeschlafen.«
Mama schaute Anton besorgt an. »Du wirkst so unruhig. Ist irgendwas?«
»Ich, ähm, muss mal«, sagte Anton schnell und verschwand mit der Flasche im oberen Bad. Es war das einzige Zimmer im Haus, das man abschließen konnte.

Anton verriegelte die Tür und zog die Flasche aus dem Hosenbund. Sie war so staubig, dass sich sein T-Shirt innen ganz schwarz verfärbt hatte. Die Flaschenöffnung war mit Siegelwachs verschlossen. Anton nahm Knödels Rougepinsel und entfernte vorsichtig den Staub vom Siegel. Undeutlich kamen verschlungene Schriftzeichen, die Anton nicht lesen konnte, zum Vorschein. Er hielt die Flasche im Waschbecken unter fließendes Wasser und trocknete sie ab. Erst jetzt sah er, wie schön sie war – reich verziert mit feinem Goldmuster. Er knipste das Licht an, hielt die Flasche hoch und betrachtete sie im Gegenlicht. Irgendetwas schien in ihrem bläulichen Inneren zu schimmern. Es war weder flüssig noch fest. Er legte das Ohr an die Flasche und lauschte, doch diesmal hörte er nichts. Er schüttelte kräftig und hielt die Flasche noch einmal ans Ohr. Hoffentlich war das da drinnen nicht schon tot? Er nahm eine Nagelschere und schnitt das Siegel ab. Darunter steckte ein alter, fast schwarzer Pfropfen. Anton zögerte. Doch weil sich nichts in der Flasche rührte, siegte die Neugier. Er stellte die Flasche auf den Boden,

zog und zerrte, bis der Pfropfen heraussprang, und trat schnell ein paar Schritte zurück. Dabei stieß er gegen den Wäschekorb und ließ sich mit einem Plumps darauffallen.
Gespannt schaute er auf die Flasche, doch nichts geschah. Nachdem Anton eine Weile gewartet hatte, nahm er sie wieder hoch.
»Uaaah!«, machte es plötzlich aus dem Innern.
Fast hätte Anton die Flasche fallen lassen. Schnell stellte er sie wieder ab – gerade noch rechtzeitig. Denn auf einmal fing es an, aus der Flasche zu qualmen, und eine Rauchsäule schob sich gemächlich bis an die Zimmerdecke empor.
Ob das Ding gleich explodiert?, dachte Anton.
Vorsichtig rutschte er samt Wäschekorb in Richtung Tür.
Die Rauchsäule zitterte, wurde in der Mitte breiter und dunkler und nahm erst langsam, dann immer schneller die Form eines in violette Stoffe gewickelten dicken Mannes an. Unter einem gewaltigen Turban erschien ein runder Kopf mit gezwirbeltem Schnauzbart. Der mächtige Bauch ging in Pluderhosen über, aus denen Füße in goldenen Pantöffelchen ragten.
Der dicke Mann, der ganz blass im Gesicht war, schwebte torkelnd auf die Stange des Duschvorhangs zu und ließ sich im Schneidersitz darauf nieder. Unter seinen großen schwarzen Brauen funkelten meergrüne Augen und starrten Anton wütend an. Durch die Schüttelei in der Flasche war ihm offenbar schwindelig geworden.
Anton saß wie gelähmt auf dem Wäschekorb und starrte den Mann ängstlich an. Die Vorhangstange bog sich gefährlich un-

ter seinem Gewicht. Natürlich hatte Anton von so etwas schon in Märchen gehört. Hatte er nicht insgeheim vielleicht sogar darauf gehofft, in der Flasche mit der kleinen Stimme könnte ein Flaschengeist sein? Aber daran geglaubt, dass so etwas *wirklich* möglich war, hatte er natürlich nicht. Sein Mund war trocken vor Aufregung. Er räusperte sich.

»Neredeyim ben«, sagte der dicke Mann auf der Duschstange plötzlich.

Anton hörte auf, sich zu räuspern, und starrte ihn an.

»Wie bitte?«, krächzte er.

Der Mann beugte sich etwas tiefer hinab und wiederholte seine Worte lauter. Dabei sah er Anton durchdringend an. Anton schaute hilflos zurück. Was sollte er tun? Die quietschende Haustür verriet ihm, dass Papa und Knödel ins Haus gekommen waren.

Der Flaschengeist wollte weiterreden, aber Anton legte einen Finger auf die Lippen und deutete zur Tür. Der geheimnisvolle Besucher hielt inne und nickte. Dann schwebte er plötzlich von der Vorhangstange hinunter zum Waschbecken, nahm die Zahnpastatube aus dem Glas, studierte die Beschreibung und legte sie wieder weg. Er nahm das Fläschchen mit Zitronendeo, die Dose mit Gesichtscreme und alles, was er sonst noch auf der Ablage fand, und studierte auch sie. Anton beobachtete ihn nervös. Was hatte der Geist mit den Kosmetiksachen vor? Gerade hatte er beschlossen, hinüberzugehen und ihm Mamas teure Gesichtscreme aus der Hand zu nehmen, als der Flaschengeist sich umwandte und in altmodischem, etwas gebrochenem Dialekt sagte: »Die Schriftzeichen verraten mir, dass wir in der Festung Wien sind.«

»Ähm, ja«, antwortete Anton überrascht. »Sie sprechen Deutsch?«

»Also haben wir doch den goldenen Apfel gepflückt?«, fragte der Mann, seufzte tief und schüttelte den Kopf so heftig, dass sein Schurrbart bebte. Er setzte sich auf den Badewannenrand und blickte starr zu Boden.

Anton betrachtete ihn. Über den Pluderhosen trug er eine reich verzierte Weste, in seinem Turban steckte ein grüner Smaragd.

»Welchen Apfel meinen Sie denn?«, fragte Anton, immer noch mit trockenem Mund.

»Wien – den goldenen Apfel der westlichen Welt. Stadt der Kaiserpaläste und der unbezwingbaren Wälle.«

»Also, das hier ist schon Wien«, sagte Anton. Bei dem Rest war er sich nicht so sicher.

Der Flaschengeist funkelte ihn nochmals an.

»Und nun soll ein Dschinn einem Giauren dienen«, sagte er und hob anklagend die Hände.

»Also, ich weiß nicht«, sagte Anton. »Was ist das, ein Giaur?«

»Ein Ungläubiger. Du!«

»Und ein Dschinn?«

»Natürlich ich. Siehst du einen anderen Flaschengeist in dieser sonderbaren Kammer?« Der Dschinn strich mit seinen beringten Fingern über Tante Ellies moosgrüne Fliesen.

Anton mied seinen strengen Blick. Wie war das gemeint, dass der Flaschengeist ihm dienen sollte – so wie in den Märchen? Und gab es da nicht fürs Befreien eine Belohnung? Er räusperte sich.

»Ähm, heißt das, Sie würden meine Wünsche erfüllen?«, fragte er vorsichtig.

Der Mann mit dem Turban antwortete nicht. Er stand auf und betrachtete mit heruntergezogenen Lippen Tante Ellies hässliches Badezimmer. Dann griff er neugierig nach der Klobürste.

»Hübsch«, sagte er und kratzte sich damit den Rücken.

»Stopp«, rief Anton. »Das ist eine Klobürste!«

»Eine was, bitte?«

»Dafür!« Anton zeigte aufs Klo.

»Ah, für die Porzellan-Urne!«

Der Dschinn öffnete den Klodeckel und legte die Bürste hinein. Dann stieg er in die Badewanne. »Und dies ist ein kostbares Wasserbecken?«

»Ja«, sagte Anton, der damit beschäftigt war, die Klobürste wieder aus dem Klo zu fischen und in die Halterung zurückzustellen. Er bemerkte nicht, dass der Dschinn gerade alle Wasserhähne aufdrehte.

»Bist auch du ein Diener des Großwesirs?«, fragte er Anton dabei.

»Nein«, sagte Anton, der sich erst jetzt umdrehte und entdeckte, was der Dschinn da trieb. »An Ihrer Stelle würde ich den Duschhahn …«

Zu spät! Der Wasserstrahl traf den Dschinn mit voller Wucht mitten ins Gesicht. Er stieß einen Schrei aus.
»Anton!«, rief Mama von unten. »Alles okay da oben?«
»Ja, alles okay«, antwortete Anton, sprang zu dem Dschinn und drehte die Hähne wieder zu.
»Und der prächtige Palast des Großherrlichen Großwesirs – wo ist der?«, fuhr der Dschinn fort, der nun triefend in der Badewanne stand.
»Ich bin zwar noch nicht lange hier, aber ich glaube, das gibt's hier nicht«, sagte Anton.
Er reichte ihm ein Handtuch, doch der Dschinn winkte mit einem zufriedenen Lächeln ab. Er breitete seine tropfenden Arme aus.
»Wunderbar«, sagte er. »Gepriesen sei Allah. In dieser Oase des Friedens bleibe ich.«
Er legte sich in die Badewanne, verschränkte die Arme über der Brust und atmete tief ein. »Aaaahhh.«
»Anton!«, rief Knödel von unten. »Essen kommen!«
»Gleich!«, rief Anton zurück.
»Ich glaube, es wäre besser, wenn Sie wieder in der Flasche verschwinden würden«, sagte er leise zum Dschinn. »Dann könnte ich Sie besser verstecken.«
»Verstecken? Wieso verstecken, kleiner Giaur? Nein, nein. Nach all den Jahren in dieser staubtrockenen Flasche genieße ich noch ein wenig dieses vorzügliche Nass.«
Anton zögerte.

»Also gut. Aber bitte bleiben Sie ganz leise«, flüsterte er. Er faltete das Handtuch zu einem Kissen und reichte es dem Dschinn.

»Ergebenen Dank«, sagte der und legte es sich unter den Turban.

Bevor Anton die Tür hinter sich zumachte und hinunterging, hörte er hinter dem geschlossenen Duschvorhang noch ein leises Rülpsen.

Der feuchte Freund

»Schling dein Essen nicht so runter, Anton«, sagte Mama. »Das ist ungesund.«

»'tschuldigung«, murmelte Anton mit vollem Mund.

Natürlich hatte er es eilig, aber das sollte niemand merken.

»Ich geh nachher noch zu Lilly, Filme gucken«, sagte Knödel.

»Muss das sein? Das wird doch wieder viel zu spät. Ich könnte morgen deine Hilfe im Garten gebrauchen.« Mama deutete auf das verwilderte Beet vor dem Fenster.

Knödel stöhnte. »Wieso immer ich?«

»Lass sie«, sagte Papa. »Sie hat Ferien.«

»Ich will aber nicht, dass du morgen wieder den ganzen Tag im Bett verbringst ...«, begann Mama und horchte plötzlich auf. »Habt ihr das gerade gehört?«

»Was?«, fragte Anton unschuldig. Er hatte sehr wohl das tiefe Seufzen von oben gehört. Alle lauschten. Und wirklich: Wieder ertönte ein tiefer Seufzer. Anton beugte sich über seine Nudeln.

»Es ist wahrscheinlich der Abfluss«, sagte Papa. »Aber das kriegen wir wieder hin.«
»Na toll«, zischte Mama und lächelte ihn süßsauer an. »Noch eine Kleinigkeit für unsere Reparaturliste.«
Papa schaute zerknirscht. »Wir wissen ja noch gar nicht …«
»Also bis nachher. Ich geh noch schnell duschen«, unterbrach ihn Knödel und sprang auf.
»Ich bin auch satt«, rief Anton und wollte an Knödel vorbei zum Bad.
»Hiergeblieben, Anton!«, rief Mama. »Du hast ja die Hälfte übrig gelassen.« Knödel war inzwischen nach oben verschwunden.
»Ich … ich muss ganz dringend aufs Klo«, sagte Anton und wollte die Treppe hoch.
»Schon wieder?«, fragte Mama.
»Ja.« Unruhig hüpfte Anton von einem Fuß auf den anderen.
Mama schüttelte den Kopf. »Hoffentlich hast du dir keine Blasenentzündung geholt«, meinte sie besorgt. »Bei der Feuchtigkeit in den Wänden.« Sie warf Papa einen vorwurfsvollen Blick zu.
»Aber Monika«, sagte Papa. »Bei den hohen Temperaturen ist das lächer…«
Aus dem Badezimmer drang ein gellender Schrei.
Knödel kam, nur in ein schmales Handtuch gehüllt, zum Treppenabsatz gerannt und schrie: »In unserer Badewanne liegt ein fremder Mann!«
Mama und Papa schauten sie an, als sei sie vollends verrückt geworden.

»Ruft die Polizei!«, schrie Knödel und schmiss sich in Papas Arme.
»Nein, keine Polizei!«, rief Anton.
Nun guckten Papa und Mama ihn verständnislos an.
»Was ist hier eigentlich los?«, fragte Papa.
»Keine Polizei. Bitte!«, sagte Anton aufgeregt.
»Kann mir jemand erklären, was hier los ist?«, wiederholte Papa.
»Am besten, du gehst nach oben«, sagte Knödel.
Mama langte schon nach dem Telefon.
»Wartet!« Anton breitete die Arme aus, um Papa aufzuhalten. »Ich geh vor. Okay?«
Und dann schoss er an Papa, Mama und Knödel vorbei die Treppe hinauf zum Bad.
»Anton!«, rief Mama. »Bleib hier!«
Sie eilten Anton hinterher.
Der Dschinn lag noch immer in der Badewanne. Den geblümten Vorhang hatte er zurückgezogen und begrüßte freundlich winkend die Familie, die vorsichtig zur Tür hereinlugte. Anton hatte sich gleich neben den Dschinn auf den Badewannenrand gesetzt.
»Darf ich vorstellen: meine Familie«, sagte er. »Und das hier ist – äh …?«
Der Dschinn erhob sich aus der Wanne. Seine nasse Pluderhose glänzte. Mit der rechten Hand zog er einen Halbkreis vom Kopf bis an die Brust und verbeugte sich dabei tief. »Osman.«
»Osram?! Wie die Glühbirne?«, fragte Knödel.

»Möge Gott Euer Haus beschützen und Euch viele Söhne und Töchter schenken«, fuhr der Dschinn fort.
»Danke«, sagte Mama stockend. Sie bemühte sich, nicht die Fassung zu verlieren. Aber an ihrem starren Blick konnte Anton erkennen, wie geschockt sie war. Papa zitterten leicht die Finger.
»Wie kommen Sie in unsere Badewanne?«, fragte Mama.
»Und überhaupt in unser Haus?«, rief Papa.
»Ihr Sohn war so liebenswürdig, mich zu befreien«, antwortete der Dschinn und neigte seinen verzierten Turban in Richtung des jungen Ungläubigen.
»Zu befreien? Anton! Von wo?« Papa schaute Anton erschrocken an.
»Aus dem Gefängnis?«, fragte Knödel.
»Ich dachte, du warst Milch holen!«, rief Mama.
»Ja, eben«, sagte Anton. »Und dabei habe ich ihn entdeckt und im Badezimmer aus seiner Flasche befreit.«
»Jetzt verstehe ich gar nichts mehr«, sagte Papa und kam langsam ein paar Schritte näher. Dabei stieß er mit dem Fuß gegen die blaue Flasche, die umfiel und scheppernd über den Boden rollte.
»Vorsicht!«, rief Anton und sprang auf, um die Flasche zu retten. »Das ist seine Flasche.«
»Genug, Anton, jetzt reicht's mit dem Quatsch!« Mamas Augen blitzten. Sie hatte sich nach dem ersten Schock wieder gefasst und hatte nun genug von den Lügengeschichten. Wütend nahm sie Anton die Flasche aus der Hand und warf sie in einem hohen

Bogen in den kleinen Mülleimer, in dem Knödel jeden Morgen ein Dutzend Wattebäuschchen entsorgte.

Das heißt: Sie wollte sie hineinwerfen. Aber die Flasche kam nie im Mülleimer an. Der Dschinn sprang mit einem gewaltigen Satz aus der Badewanne und fing sie mitten in der Luft auf.

»Wow! Er schwebt!«, rief Knödel und zeigte auf die goldenen Pantöffelchen, die tatsächlich einen halben Meter über dem Boden schwebten.

»Stimmt, er schwebt«, sagte Papa tonlos und starrte auf die Füße des Dschinn. Seine Finger zitterten wieder etwas.

»Wie … wie machen Sie das?«, fragte Knödel.

»Das gehört bei uns dazu«, antwortete der Mann, neigte in Bescheidenheit seinen Turban und unterdrückte ein Lächeln. »Allerdings bin ich ein wenig aus der Übung.«

Sanft landete er wieder auf der Erde.

»Weil er in dieser Flasche eingesperrt war«, erklärte Anton.

»Toller Trick«, sagte Knödel.

»Es ist wahr«, rief Anton. »Er ist ein echter Flaschengeist, ein Dschinn.«

Papa schaute misstrauisch von der Flasche zu dem kleinen beleibten Herrn in seiner prunkvollen Verkleidung.

»Das gibt es doch nicht«, murmelte er und schüttelte entschieden den Kopf. »Erzählen Sie mir keine Märchen.«

»Euer ehrwürdiger Sohn hat leider recht«, antwortete Osman. »Viele Jahre habe ich in dieser Flasche verbracht, und er hat mich befreit. Er ist zwar ein Giaur, aber …«

»Ein was?«, fragte Mama. Ihre Beine fühlten sich auf einmal so wackelig an, dass sie sich auf den Wäschekorb plumpsen ließ.
»Ein Ungläubiger«, erklärte Anton. »Wir sind alle Ungläubige, stimmt's, Herr Osman?«
»Ja, ich fürchte, das ist richtig«, antwortete Osman.
»Oha«, sagte Papa.
»Er ist zwar ein Giaur«, wiederholte der Dschinn, »aber er hat mich befreit und nun werde ich ihm wohl oder übel dienen müssen.«
»Heißt ›dienen‹ alle Wünsche erfüllen und so?«, fragte Knödel und schob sich etwas weiter nach vorn. Vor Aufregung hatte sie vergessen, dass sie nur mit einem Badetuch bekleidet war.
»Ja, aber nur die Wünsche meines kleinen Befreiers«, antwortete der Dschinn und musterte strafend ihre nackten Schultern.
»Cool!«, rief Knödel. »Ich sag gleich bei Lilly ab.«

Die Rache des Großwesirs

Weil ihr Gast sich weigerte, die Wanne zu verlassen, hatten die Metzgers es sich im Badezimmer halbwegs gemütlich gemacht. Knödel, die sich einen Bademantel übergeworfen hatte, hockte auf dem Klo. Papa lehnte am Türrahmen und Anton saß wieder auf dem Rand der Wanne neben dem Dschinn.

Osman rekelte sich und bedeutete Anton, den Duschhahn kurz aufzudrehen.

Mama, die gerade mit einem Teller Nudelresten das Bad betrat, sah das herabspritzende Wasser und schrie:

»Anton! Bist du noch bei Trost!« Sie eilte hinüber, um den Hahn zuzudrehen.

»Bitte, kühle feuchte Plätze sind meine Oasen«, tönte es aus der Wanne.

»Er liebt es wirklich, Mama«, sagte Anton.

Der Dschinn lächelte Mama zu und nickte.

»Zu lange schon habe ich diesem Genuss entsagt.«

»Wenn das so ist …« Mama lächelte bemüht zurück und reichte ihm den Teller.
Der Dschinn kostete vorsichtig die Nudeln, in die das Duschwasser tropfte, was ihn aber nicht zu stören schien.
»Wer hat Sie eigentlich in die Flasche eingesperrt?«, fragte Knödel. Seit der Dschinn die Sache mit den Wünschen erwähnt hatte, zeigte sie sich von ihrer allerhöflichsten Seite.
Anton gefiel das weniger gut, schließlich war der Dschinn *sein* Freund.
»Der Großwesir«, antwortete Osman, nahm den grauen Putzlappen, der am Rand der Wanne lag, und wischte sich damit die Mundwinkel sauber. »Und dann ließ er die Flasche an der tiefsten Stelle des Flusses an einem Seil versenken, das er mit Felssteinen beschwerte. So habe ich viele, viele Jahre hier auf dem Grund der Donau verbracht.« Er deutete aus dem Badezimmerfenster. »Viele Jahre, in denen ich Zeit hatte, mir meine Rache an dem Großwesir auszumalen.«
Über die Augen des Dschinn huschte ein gefährliches Glitzern.
»Doch irgendwann ist das Seil wohl morsch geworden und ich trieb den Fluss hinunter. Bis jemand meine Flasche entdeckte und mitnahm. Ich konnte durch das trüb gewordene Glas nicht viel von der Welt draußen erkennen. Ich weiß nur, dass ich lange Zeit an einem dunklen Ort verbracht habe. Aber das Gefühl für Zeit verflüchtigt sich schnell, wenn man in einer Flasche sitzt.«
»Ja, Sie waren an einem dunklen Ort: auf dem Regal, wo ich Sie

gefunden habe«, sagte Anton. »Die Flasche war so staubig, dass sie schon ewig dort gelegen haben muss.«

»Wann genau war das letzte Mal, dass Sie, ähm, frei – also nicht in der Flasche waren?«, fragte Papa, der den Fremden in seiner Badewanne noch immer misstrauisch beäugte.

Osman überlegte, rechnete mit seinen Fingern nach und sagte schließlich: »Es muss ungefähr 1683, nach Eurer Zeitrechnung, gewesen sein.«

»Das ist ja über hundert Jahre her!«, rief Knödel, die nicht die Beste in Mathe war.

»Genau genommen fast dreihundertdreißig Jahre«, sagte Anton.

»Aber warum hat dieser Großwesir Sie überhaupt versenkt?«, fragte Knödel.

Osmans Bartspitzen zitterten. »Erinnere mich nicht daran«, sagte er. »Schwermut schleicht sich in mein Herz.« Er stellte den Teller auf dem Badewannenrand ab. Offensichtlich hatte er den Appetit verloren. »Schuld lastet auf mir mit Platten aus Blei.« Unglücklich drehte er sich zur Wand und senkte den Kopf.

»Ich muss Euch bitten, mir die Pfade der Einsamkeit zu gewähren«, wisperte er und winkte sie mit der Hand aus dem Raum.

»Hier in unserer Badewanne?«, fragte Papa.

Mama gab ihm mit einem kleinen Nicken zu verstehen, dass sie gehen sollten. Als Papa zögerte, griff sie ihn am Arm und schob ihn hinaus.

Leise schloss sie die Badezimmertür hinter sich.

»Und Zähneputzen?«, fragte Anton.

»Fällt heute aus«, sagte Mama. »Benutzt einfach mal das Gästeklo. Herr Osman braucht Ruhe.«
Während sie unten die Küche aufräumten, hörten sie von oben immer wieder tiefe Seufzer.
»Der Arme«, sagte Mama. »Er muss etwas in den falschen Hals bekommen haben.«
»Also, die dreihundert Jahre können ihn nicht schocken, die sind ein Klacks für einen echten Flaschengeist«, sagte Knödel. »Die sind doch unsterblich.«
»Wenn er wirklich einer ist«, sagte Papa. »So genau weiß man das ja nicht, auch wenn er schweben kann. Vielleicht räumt Herr Osram uns heute Nacht noch das ganze Haus aus.«
»Na ja, viel gibt es bei uns nicht gerade zu holen«, sagte Mama und lächelte schief. »Das karierte Sofa von Tante Ellie darf er gerne mitnehmen.«

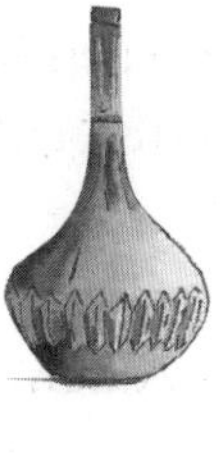

Ein Palast in Wien

Als Anton am nächsten Morgen in die Küche kam, war dort niemand zu finden. Er schlich zum Bad und klopfte leise, aber das wäre gar nicht nötig gewesen.

»Nur herein!«, rief es von drinnen.

Papa saß neben dem Dschinn auf dem Wäschekorb. Der Dschinn hielt ein Mokkatässchen in der Hand, Papa eine Tasse Kaffee.

»Oh, hallo. Ich wollte nur nach Herrn Osman gucken«, sagte Anton. Er war enttäuscht, denn er hatte gehofft, ihn allein anzutreffen. Es gab so viele Fragen, die ihm durch den Kopf schwirrten, so vieles, was er gern von Osman gewusst hätte.

»Wir haben ein bisschen geplaudert«, sagte Papa. Er wirkte vergnügt. Auch der Dschinn schien besserer Dinge zu sein. »Ich habe Herrn Osman von unserem Haus erzählt und von der vielen Arbeit, die wir hier reinstecken müssen.«

»Allerdings«, sagte Anton. »Schauen Sie mal, das kommt vom Graben. Die ganzen Ferien muss ich das schon machen.« Anton zeigte Herrn Osman die Blase auf seiner Hand.

»Ja«, sagte Papa. »Weil die Wände in diesem Haus alle feucht sind.«
»Die Pforten des Paradieses sind hoch«, antwortete der Dschinn höflich und nippte an seinem Mokka.
»Das kann man wohl sagen«, rief Papa und schien dabei noch immer still vergnügt. »Rechnungen über Rechnungen, und es nimmt kein Ende! Jetzt ist auch noch das Dach kaputt! Hätte ich das geahnt – wir wären nie hierhergezogen.«
Anton schaute Papa an. *Er* war doch derjenige, der unbedingt in Tante Ellies Haus hatte ziehen wollen, nur weil sie es ihm vererbt hatte.
Papa zuckte mit den Schultern.
»Aber nun sind wir hier«, fuhr er fort, »und wenn wir nicht mehr weiterwissen, haben wir ja Herrn Osman. Ich bin zuversichtlich, ein Wunsch wird genügen und wir sind alle Sorgen los.«
Das war es also! Daran hatte Anton überhaupt nicht mehr gedacht. Er hatte vor allen Dingen an seinen Freund gedacht, dessen Seufzer er selbst beim Einschlafen gehört hatte.
Osman schien seine Gedanken zu lesen.
»Es geht mir etwas besser«, sagte er. »Es war ein böses Erwachen zur Zeit des Nachtgebets.«
»Er meint gestern Abend«, erklärte Papa.
»Ich weiß«, sagte Anton. »Ich versteh ihn.«
Papa stand auf.
»Toni, ich muss kurz mit dir reden«, sagte er. ›Toni‹ gab es nur, wenn Papa etwas Besonderes von Anton wollte.

»Aber ich wollte mit Herrn Osman ...«
»Wir gehen in dein Zimmer«, sagte Papa bestimmt und legte eine Hand auf Antons Schulter.
Anton schaute Papa überrascht an. »Bis gleich, Herr Osman«, sagte er.
Beim Hinausgehen war ihm, als zwinkerte Papa dem Dschinn verstohlen zu.

Im Zimmer ließ Anton sich auf sein Bett fallen. Papa schloss die Tür und setzte sich neben ihn.
»Was habt ihr denn so geplaudert?«, fragte Anton.
»Na ja«, Papa verkniff sich ein Lächeln, »er wollte wissen, warum ich keine Zweit- oder Drittfrau habe. Ob ich zu arm dafür wäre. Er meint, schließlich sei ich hier der Herr im Haus und eine Zweitfrau würde mir gut stehen.«
»Aha«, machte Anton. Der Gedanke daran, zwei oder drei Mütter zu haben, war nicht gerade verlockend.
Papa zögerte etwas.
»Ich habe heute Nacht nachgedacht«, sagte er schließlich. »Ich weiß nicht, ob die ganze Geschichte mit dem Flaschengeist stimmt, aber wenn sie stimmt, dann wären wir alle unsere Probleme auf einmal los.«
»Du meinst, mit dem Haus?«, fragte Anton.
Papa nickte. »Du weißt ja, wie sehr Mama darüber schimpft. Und dir macht die Ferienarbeit hier auch keinen Spaß.«
»Heißt das, dass ich uns zurück nach München wünschen soll?«

Papa schüttelte den Kopf. »Nein, das nicht. Aber vielleicht kannst du uns eine fertige Villa wünschen – oder so. Statt Tante Ellies Haus.«
Anton schaute Papa überrascht an. »Und du glaubst, das klappt?«
»Ich weiß es nicht«, sagte Papa. »Wir können es ja probieren.«

Herr Osman schien überhaupt nicht überrascht, als Anton ihm drucksend seinen Wunsch vortrug. Er erhob sich aus der Wanne, schwebte einen Meter über dem Boden und verschränkte die Arme über der Brust. Anton fand, dass er nun sehr beeindruckend aussah. Ja, er schien sogar etwas gewachsen zu sein.
»Nun denn, kleiner Giaur. Halte die Flasche fest in deiner Hand und sprich deinen Wunsch gelassen aus«, sagte der Dschinn.
Anton hob die Flasche auf und schloss die Augen. Er musste sich sammeln und den Wunsch genau in die richtigen Worte fassen.
»Ich wünsche mir, dass Tante Ellies Haus zu einer prächtigen Villa mit allem Drum und Dran wird«, sagte er feierlich.
Was jetzt geschah, hatte niemand erwartet. Ein tiefes Brummen erfüllte die Luft, als schwirrten plötzlich Hornissenschwärme durchs Haus. Der Boden wurde von einem mächtigen Erdbeben erschüttert. Die Wände wackelten, Steine lösten sich aus den Mauern, Fliesen schepperten zu Boden, Wasserrohre brachen aus den Wänden, die Decke klaffte auf und Dachziegel regneten herab. Anton schrie und klammerte sich an seinen Vater. Es war, als würde das Haus einstürzen. Ein dichter Nebel aus Staub

hüllte sie ein. Ein kaltes blaues Licht flog durch den Raum und auf einmal roch es nach Sandelholz.
Allmählich ließ das Krachen und Beben nach. Würden sie gleich in einer Ruine stehen? Der Nebel lichtete sich und Anton sah etwas glitzern. Er schaute sich um: Sie standen in einer prächtigen Halle. Von der hohen Decke strömte Licht durch eine Kuppel herein. Anton traute seinen Augen nicht. Sie waren in einem Palast. Die Wände und der Boden waren mit farbigen Mosaiken verziert. In der Mitte des Raums stand ein Becken, in dem es leise plätscherte. Um das Becken lagen Teppiche und bestickte Kissen unter geschwungenen Bögen, in denen Edelsteine glitzerten.
»Wahnsinn.« Das war nicht Antons Stimme, sondern Papas. Er hielt sich an Anton fest und sah sich ungläubig um.
»Das Badehaus«, sagte der Dschinn, der sich den Staub von den Schultern klopfte. Der Stolz in seiner Stimme war nicht zu überhören. »Genau so eines habe ich mir schon immer erträumt.«
Draußen hörten sie Stimmen.
»Anton! Papa!«
»Holger!«
Papa öffnete die Tür des Badehauses. Vor ihnen lag ein Innenhof mit duftenden Zitronenbäumchen und einem Springbrunnen aus weißem Marmor. Mama und Knödel stürzten ihnen entgegen, beide im Nachthemd.
»Um Gottes willen«, rief Mama. »Was ist hier passiert?!«
»Anton hat gewünscht«, sagte Papa. »Und es hat geklappt. Schau

dir das an!« Er nahm sie und Knödel bei der Hand und führte sie ins Badehaus. Mama war sprachlos. Knödel auch. So etwas Schönes hatten sie noch nie gesehen.
»Kommt mal hierher!«, rief Anton, der vom Hof aus durch offene Doppeltüren in eine weitläufige Eingangshalle schaute, über der eine Kuppel aus Gold schimmerte.
»Das ist ja der Hammer«, flüsterte Knödel.
Benommen gingen sie von einem Raum in den nächsten. Die Eingangshalle führte in ein Wohnzimmer mit Erkern. Auf kleinen Tischchen standen Vasen mit hellgelben Rosen.
»Teerosen, frisch aus China«, murmelte der Dschinn, der unmerklich neben Anton erschienen war.
Die Schlafzimmer waren in dunklem Türkis und Gold gehalten. Antons Zimmer war rundum mit Kacheln ausgekleidet. Sie zeigten Leoparden, die Hirsche jagten.
»Gefällt es dir?«, fragte Osman.
»Fantastisch!«, rief Anton begeistert.
Nur ihre alten Ikea-Regale, die karierte Ausziehcouch und Tante Ellies klobiger Wohnzimmerschrank wirkten in den neuen Gemächern ein bisschen fehl am Platz.
»Das ist ja ein Palast!«, flüsterte Mama.
»Und die Wände sind trocken«, fügte der Dschinn bescheiden hinzu.
Er folgte ihnen auf Schritt und Tritt, um ihre Begeisterung zu genießen. Nur in der Küche stutzte Mama kurz. Der Kühlschrank stand in einer Pfütze. Er taute gerade ab und war genauso wenig

angeschlossen wie der Herd, der Geschirrspüler und die Waschmaschine, die auch alle mitten im Raum standen.
»Ich wusste nicht, ob Ihr diese hässlichen Eisenschränke noch braucht«, sagte der Dschinn und klopfte auf den Herd.
»Doch, doch«, sagte Papa, dem auf einmal etwas schwante, als sein Blick auf die Feuerstelle fiel, in der ein Holzfeuerchen glühte.
»Ich ziehe mich nun ins Badehaus zur Ruhe zurück. Die Wunscherfüllung hat mich doch etwas erschöpft«, sagte Osman und verschwand in einer Rauchwolke.
»Mensch, wenn ich das Lilly erzähle!«, rief Knödel.
»Stopp«, sagte Papa. »Es wäre besser, wenn ihr das erst mal niemandem erzählt, okay?«
»Warum?«, fragte Anton.
»Na ... weil ... was meinst du, was hier los wäre«, sagte Papa. »Wir wären sofort von der Presse belagert. Wir hätten kein ruhiges Leben mehr.«
»Aber die Nachbarn sehen doch das Haus – ich meine, den Palast«, sagte Anton.
»Oder auch nicht«, erwiderte Knödel und lief in den Garten hinaus, um sich den Palast von außen anzuschauen.
Anton folgte ihr. Zum Glück hatte Tante Ellie Tannen und hohe Hecken am Zaun angelegt, durch die man nicht allzu viel sehen konnte. Allerdings war die Garage verschwunden und es dauerte eine ganze Weile, bis sie das Auto wiedergefunden hatten. Es stand im Haremsanbau.

Papa suchte inzwischen nach Steckdosen und fand seine Befürchtungen bestätigt.
»Natürlich, die gab es vor dreihundert Jahren noch nicht«, seufzte Mama.
»Aber für damals sind wir auf dem neuesten technischen Stand«, sagte Papa und zeigte auf das Plumpsklo hinterm Haus.
Mama und Knödel konnten nicht darüber lachen.
Anton jedoch war begeistert. Das Plumpsklo störte ihn überhaupt nicht. Er verbrachte den Tag damit, durch die Räume zu spazieren und sich alles genau anzuschauen. In der Augusthitze waren die hohen Räume schön kühl. Mama und Papa verbrachten den Tag damit, die Möbel umzustellen. Ganz zufrieden war Mama damit allerdings nicht und bald war ihre Laune wieder deutlich gesunken.
»Ein türkischer Palast und Ikea – das passt nicht zusammen«, sagte sie, nachdem sie zum dritten Mal die Schrankwand umgestellt hatten. »Und hast du schon mal in die Küche geschaut? Es gibt kein fließendes Wasser.«
»Ja, aber im Hof gibt es einen Brunnen«, sagte Papa.
»Das ist doch nicht dein Ernst!«, rief Mama.
Papa kratzte sich am Kopf. »Wir können eine Pumpe besorgen und Leitungen legen.«
»Aber Strom gibt es ja auch nicht! Da hilft uns auch keine Pumpe.«
Als Anton an der Küche vorbeiging, hörte er sie streiten.
»Wir sind vom Regen in die Traufe gekommen«, sagte Mama.

»Ich kann auf dieser Feuerstelle nicht kochen. Und wie sollen wir ohne Waschmaschine und Geschirrspüler auskommen?«
»Ich hab mir schon was überlegt«, antwortete Papa. »Wir leihen uns einen Generator und …«
»Ja, aber es gibt hier weder warmes Wasser noch Heizung! Wie soll das im Winter werden – offene Feuerchen in jedem Raum? Oder wie stellst du dir das vor?!«
Jetzt wurde auch Papa sauer. »Immer beschwerst du dich, anstatt zu überlegen, wie man die Probleme lösen kann!«
»Wenn man sie lösen könnte!«, schrie Mama zurück. »Das ist doch ein Witz!«
»Na, dann soll Anton uns zurückwünschen«, sagte Papa.
»Das ist doch auch keine Lösung. Und wer weiß, wie's dann hier aussieht. Anscheinend geht das alles nicht so glatt mit der Wunscherfüllung.«
»Ja, dann mach du doch einen besseren Vorschlag!«
Anton hatte genug gehört. Demnächst würde noch Knödel reinschneien und sich beschweren, weil sie weder Telefon hatte noch Internet.
Immer gab es Probleme. In München war die Wohnung zu klein und Mama hatte schlechte Laune, weil sie keine Arbeit fand; hier war Tante Ellies Haus ein Fass ohne Boden und Mama war genervt, weil ihr die Renoviererei nach der Büroarbeit zu viel war. Und nun war auch der Palast nicht gut genug.
Anton ging in sein Zimmer und schloss die Tür hinter sich, um allein zu sein. Er schob das Bett so hin, dass er auf die Leoparden

an der Wand schauen konnte. Die Plakate seiner Fußballhelden hängte er neben dem Schreibtisch auf.

»Ts-ts-ts«, machte es auf einmal.

Erschrocken drehte Anton sich um. Auf dem Bett lag Osman, die Hände hinterm Kopf verschränkt, ein Bein angewinkelt und das andere darübergeschlagen.

»Einen edlen Renner bedeckt man nicht mit altem Sackleinen«, sagte er und deutete auf die Plakate, die mit Tesa an den Kacheln klebten.

Anton trat zurück und begutachtete sie. Stimmt, die Fußballer passten nicht so ganz zu den Leoparden.

»Also gut«, sagte er, riss die Plakate von der Wand, zerknüllte sie und warf sie auf den Boden. Er war auf einmal den Tränen nahe.

»Ich dachte, die Erfüllung deines Wunsches würde dich mit Glück erfüllen«, sagte Osman spitz.

Anton wischte sich mit dem Handrücken über die Augen.

»Aber jeder Wunsch hat eine helle und eine dunkle Seite«, hörte er den Dschinn sagen. »Deswegen ist beim Wünschen größte Vorsicht geboten.«

Anton nickte und dann fing er an zu erzählen: von Mamas ewiger Unzufriedenheit, von ihren Streitereien mit Papa, von Knödel und ihren kleinen Gemeinheiten. Der auf dem Bett ruhende Dschinn hörte mit halbem Ohr zu, während er die Fransen der Tagesdecke glatt strich. Anton erzählte immer weiter, und als er am Ende angelangt war, ging es ihm schon viel besser.

Später kam es genau so, wie Anton es sich gedacht hatte. Als sie bei Kerzenschein belegte Brote zu Abend aßen, fragte Knödel, wie es nun mit dem Telefonanschluss aussehe. Außerdem musste sie dringend ins Internet.

»Jeder Wunsch hat eine helle und eine dunkle Seite«, bemerkte Anton und machte eine ausschweifende Geste über den Tisch.

»Sehr witzig«, sagte Knödel und fing die Wasserflasche am Hals, die Anton mit seinem Arm gestreift hatte. »Klingt wie dein feuchter Freund. Ja, sag mal«, sie zeigte mit dem Messer auf Anton und strahlte plötzlich. »Da kommt mir natürlich die klarste aller Ideen. Warum wünschst du dir das nicht einfach von Osram?«

Osman saß nicht am Tisch, denn er war noch zu erschöpft und bevorzugte es, sein Abendessen im Badehaus zu sich zu nehmen, wohin Anton es ihm gebracht hatte.

»Er weiß doch gar nicht, was das ist«, sagte Papa. »Damals gab es noch keine Telefone.«

»Schon«, sagte Mama. »Aber Knödel hat recht. Wir zeigen ihm einfach ein funktionierendes Telefon, ein Stromnetz, eine Zentralheizung, und Anton wünscht es sich.«

»Ja, und ich wollte mir eh eine kleinere Nase wünschen!«, rief Knödel. »Und eine Eins in Mathe.«

Plötzlich waren alle Augen auf Anton gerichtet.

»Moment«, sagte Anton. »Ich weiß nicht, ob das geht. Erstens wisst ihr nicht, ob das klappt, und zweitens erschöpft ihn jeder Wunsch derart, dass er danach lange ausruhen muss.«

»Wir machen das einfach langsam«, sagte Mama. »Jeden Tag einen Wunsch.«
»Na gut«, seufzte Anton, aber ganz wohl war ihm dabei nicht. Als er Osman das Essen gebracht hatte, schien er ihm eher wieder kleiner und auffällig blass. Aber Anton war offenbar der Einzige, den das kümmerte.

Schon am nächsten Morgen fand Anton den Dschinn von Mama und Knödel umringt, die sich neben ihm auf die Kissen gehockt hatten und ihm Bilder in Zeitschriften zeigten. Mama hielt die neueste Ausgabe von *Elektronik Heute* in der Hand und versuchte, Osman drahtlose Lautsprecher zu erklären. Denn wenn der Dschinn schon den Stromanschluss herbeiwünschte, dann bitte auf dem neuesten Stand.
»Wireless LAN in jedem Zimmer muss auch sein«, sagte Knödel und hielt eine Seite aus *CompuNews* hoch.
»Was macht ihr da?«, rief Anton.
»Wir zeigen Osman, was ein Stromnetz ist«, antwortete Mama.

»Damit du es dir wünschen kannst. Osman sagt, er wäre dazu bereit.«

Anton schaute Osman fragend an. Er wirkte noch immer etwas schwach.

»Nur *dein* Wunsch ist mir Befehl«, sagte Osman, kostete einen der Schokokekse, die Mama ihm hingestellt hatte, und legte ihn gleich wieder weg. »Wonach es mich eher gelüstete, wäre Türkischer Honig.«

»Kein Problem«, rief Knödel. »Ich weiß, wo's den gibt.« Sie sprang auf und verschwand.

Anton sah Osman besorgt an. »Fühlst du dich überhaupt stark genug, um wieder einen Wunsch zu erfüllen?« Er war vom Sie ins Du gerutscht, aber der Dschinn hatte ihn nicht korrigiert.

»Vielleicht nach einem guten Mahl vor dem Mittagsgebet«, antwortete Osman und schloss die Augen.

Mama und Anton gingen auf Zehenspitzen aus dem Badehaus.

»Ich weiß nicht«, sagte Anton, als sie den Innenhof überquert hatten, und dann sah er Mama überrascht an. »Wieso bist du eigentlich nicht im Büro?«

»Ich hab mir heute freigenommen«, sagte Mama. »Ich werde versuchen, Herrn Osman ein besonders schönes Gericht zu kochen, damit er gestärkt unser Stromproblem löst.«

Am nächsten Tag machte sich Mama gleich nach dem Frühstück in der Küche zu schaffen. Ein Kochbuch *Leckerste Türkische Gerichte* stand aufgeschlagen auf der Waschmaschine, die jetzt als Arbeitsplatte diente. Doch schon bald hörte man sie in der Küche schimpfen. »Das Essen brennt mir im Topf an, weil das Feuer zu heiß ist«, rief sie. »Und ich kann nicht gleichzeitig Reis kochen und Gemüse.«

»Warte«, sagte Papa. »Das Feuer darf nicht brennen. Es muss glühen, sonst ist es zu heiß.«

Aber auch das klappte nicht, denn nun war es nicht mehr heiß genug.

Anton hatte inzwischen immer wieder an der Badehaustür gelauscht, und als er von drinnen ein Räuspern hörte, ging er hinein. Sein Freund lag im Wasserbecken und lächelte ihm träge zu.

»Ich habe dich schon erwartet, junger Gebieter«, sagte er.

Anton setzte sich neben ihn an den Beckenrand.

Der Dschinn fragte: »Wie sind wir heute gestimmt?«

»Besser«, sagte Anton. »Nur dass ich mir Sorgen um dich mache, weil alle was von dir wollen.«

»Ja, aber *du* darfst entscheiden, welche Wünsche erfüllt werden, vergiss das nicht«, sagte Osman.

Anton nickte. »Ich weiß. Es ist nur manchmal gar nicht so leicht. Alle sind zuckersüß zu mir, seit sie wissen, dass es so ist.«

Der Dschinn zuckte mit den Schultern und machte eine wegwerfende Geste.

»Du entscheidest. Niemand sonst.«

»Sag mal«, Anton lehnte sich etwas vor, »warum warst du eigentlich neulich so traurig?«

Der Dschinn wiegte den Kopf hin und her.
»Ich habe meinen letzten Herrn im Stich gelassen und ihn nicht davor bewahrt, unehrenvoll in die Blumengefilde des Paradieses zu gehen.«
»Heißt das, er ist gestorben wegen dir?«
Der Dschinn nickte und blickte zu Boden. Er schien wieder ganz in seine Vergangenheit zurückgerutscht zu sein und Anton gar nicht mehr zu bemerken.
Anton schwieg. Nach einer Pause fragte er: »Kannst du mir erzählen, was passiert ist?«
»Das ist eine lange Geschichte«, antwortete Osman und seufzte.
»Ich hab Zeit«, sagte Anton.
»Also gut, dann leih mir dein kindliches Ohr.«
Anton machte es sich auf ein paar Kissen am Beckenrand gemütlich und Osman begann.

Osman erzählt

»Damals war ich im Dienste des ersten Leiblakaien …«
»Leiblakai?«
»Des obersten Leibdieners Mehmed Ali. Mehmed Ali stand im Dienste des Großwesirs.«
»Was war gleich noch mal ein Großwesir?«
Der Dschinn schüttelte den Kopf. »Was für ein Meer von Unwissenheit! Wo bin ich da nur hineingeraten!« Sein Doppelkinn zitterte, doch weil Anton nun beschämt guckte, fuhr Osman fort.
»Also gut, Sohn eines Ungläubigen. Der Großwesir ist der oberste Berater des Sultans, verstehst du?«
Anton nickte.
»Und der Sultan ist der Herrscher des Osmanischen Reiches. Der Großwesir ist also der zweite Mann im Reich. Ihm zu dienen ist eine große Ehre. Diese Ehre widerfuhr meinem Herrn Mehmed Ali – und das nicht ganz ohne mein Zutun.« Der Dschinn hüstelte stolz in seine Hand. »Schnell erkannte der Großwesir

Mehmed Alis Tugenden und gab ihm nicht nur die Aufsicht über die Großherrliche Wäschekammer. Bald waren sogar die Turbanbewahrer, die Speisenkoster und der Großherrliche Harem unter seiner Obhut. Denn durch seine Tüchtigkeit hatte er das Vertrauen des Großwesirs gewonnen.«

»Klingt gut«, sagte Anton. »Und weiter?«

»So führten wir ein beschauliches Leben in Stambul im herrlichen Palast des Großwesirs. Doch eines Tages sandte der Sultan den Großwesir aus, sein Großherrliches Reich zu vergrößern.«

»Und dann musstet ihr mit?«

»Wie konnte es anders sein? Der ganze Hofstaat ging mit. Die Damen des Harems, die Speisenkoster, die Wäsche- und die Pagenkammer. Und natürlich war mein treuer Herr Ali an der Seite des Großwesirs. Es wurde gekämpft und überall waren die Streiter des Islam siegreich. Bis wir Wien erreichten. Denn hier verebbte die Flut unseres Angriffs und verlief bald im Sand. Die Festung Wien hielt sich tapfer, wie wir alle zugeben mussten. Nur einer wollte es nicht zugeben, weil ihm die Gier nach Reichtum und Ruhm zu Kopf gestiegen war: unser Herr, der Großwesir. Kara Mustafa Pascha. Um jeden Preis wollte er Wien fallen sehen. Wenn er heimkehren würde als glorreicher Bezwinger Wiens, würde man ihm in Stambul zu Füßen liegen. Außerdem könnte er endlich seine vielen Schulden bezahlen.«

»Und was sagte der Sultan dazu?«, fragte Anton, der versuchte, sich das alles vorzustellen, was schon so lange her war.

»Der Sultan wurde ungeduldig. Er brauchte seine Kämpfer an

anderer Stelle und wollte nicht länger, dass sie Staub fraßen in den Gräben vor Wien. Also schickte er einen Gesandten. Der Gesandte befahl dem Großwesir, die Zelte abzubrechen und sich zurückzuziehen.«

»Und? Hat er dem Befehl gehorcht?«

»Eben nicht! Der Großwesir widersetzte sich dem Befehl. Er war so verblendet, dass er den Gesandten verabschiedete und unsere Kämpfer mit doppelter Kraft gegen die Mauern Wiens anrennen ließ. Er wollte den Sieg um jeden Preis, auch wenn sie dabei wie die Fliegen fielen. Menschenleben waren ihm egal und seine Prunksucht war eine Beleidigung Allahs.« Wieder trat ein gefährliches Glitzern in die Augen des Dschinn. »Da fasste mein Herr Mehmed Ali einen mutigen Entschluss.«

»Hat er sich mit dir davongemacht?«, fragte Anton.

»Nein, viel mutiger. Er offenbarte dem Großwesir sein Herz. Er warf sich zu seinen Füßen, küsste den Saum seines Gewandes und sprach: ›Großherrlicher Großwesir, verehrter Kara Mustafa Pascha! Ihr wisst, mein Leben ist Euer Leben, Euer Leid mein Leid. Drum spreche ich aus tiefstem Herzen, wenn ich Euch darum bitte, dem Befehl des Sultans, möge Allah ihn schützen, zu folgen.‹ So hat es Herr Ali mir erzählt.«

»Das war mutig, aber vielleicht nicht ganz clever von deinem Herrn?«, fragte Anton vorsichtig. Er konnte sich denken, dass mit dem Wesir nicht zu spaßen gewesen war.

»Wie wahr, wie wahr«, stöhnte Osman. »Der Großwesir entflammte in Zorn. ›Räudiger Hund‹, rief er, ›elender Sohn einer

Schlange! Verschwinde aus meinen Augen, und wehe, dein Schatten fällt je wieder über die Schwelle meiner Zelte, dann sollst du mit hundert Stockhieben davongejagt werden.‹ In tiefer Verzweiflung zog sich mein Meister in sein Zelt zurück, wo ich gerade Mittagsruhe hielt. Die Worte des Großwesirs hatten so tiefe Wunden in sein Herz gerissen wie der Schnabel eines Jagdfalken. Nichts, was ich sagte, konnte Mehmed Ali trösten. Doch seine Verzweiflung wandelte sich bald in Zorn und mein Meister fasste den nächsten mutigen Entschluss.«

Der Dschinn erschauerte leicht. Anton merkte, dass es ernst wurde.

»Mein Herr entschied sich, unserem weisen Herrscher, dem Sultan, eine Nachricht zukommen zu lassen. Der Sultan musste gewarnt werden, dass der Großwesir ihn betrog. Ein Bote sollte die Nachricht aus dem Heerlager schmuggeln. Einen Tagesritt entfernt lagerte ein Freund Mehmed Alis, Hussein Bey. Der würde die Nachricht an den Sultan weiterleiten.«

»Guter Plan!«, sagte Anton. »Aber sicher gefährlich?«

»Ich versprach, den Boten auf seiner Reise zu beschützen.«

Osman konnte nicht weitersprechen. Er biss sich mit den Zähnen auf die Unterlippe. Man hörte das leise Plätschern des Springbrunnens. Osman stützte den Kopf in seine Hand und saß reglos da. Anton traute sich nicht zu sprechen. Osmans Blick war in die Ferne gerichtet, und als Anton sich irgendwann räusperte, schaute er überrascht zu ihm hinüber. Er hatte ihn ganz vergessen.

»Was ist dann passiert?«, fragte Anton vorsichtig.
Osman seufzte tief. »Dann passierte das Unaussprechliche. Die tiefste Schande, die einen Dschinn befallen kann. Ich will mich nicht entschuldigen. Im Gegenteil, das gute Leben hatte mich faul und träge gemacht. Das üppige Essen, die heiße Augustsonne ... Was soll ich sagen? Zum Abendgebet, als der Bote abreiste, lag ich in tiefem Schlaf.«
»Oh! Wurde er geschnappt?«, fragte Anton.
Der Dschinn nickte. »Aber du ahnst nicht, wer der Bote war. Es war mein Meister! Mehmed Ali wollte keinen anderen in Gefahr bringen und war selbst losgeritten. Dicht auf seinen Fersen jedoch war ihm ein Spitzel des Großwesirs gefolgt ...«
»Oh!«, machte Anton noch mal, diesmal erschrocken.
»Ich werde deine kindlichen Ohren mit den furchtbaren Einzelheiten verschonen. Ich kann dir auch den Sturm in meiner Seele nicht schildern, als ich zusehen musste, wie mein guter Herr seinen Platz an der Tafelrunde der Ewigkeit einnahm.«
Osman neigte sein Haupt und seufzte so tief, dass es wie ein leises Gurgeln aus dem Abfluss klang. »Diese Schuld wird mich nie verlassen. Ich habe bei meinem Herrn versagt. Schlimmeres kann einem Dschinn nicht passieren.«
Am liebsten wäre Anton etwas näher gerückt und hätte Osman einen Arm um die große Schulter gelegt. Aber das traute er sich dann doch nicht.
Sie saßen schweigend zusammen, bis sie draußen im Hof Schritte hörten.

Der Vorhang wurde beiseitegeschoben. Sonnenlicht strömte herein. Vor ihnen stand Knödel mit knappem Oberteil und hautengen Shorts.
»Essen kommen!«, flötete sie.

Der zweite Wunsch

Nachdem Mama es aufgegeben hatte, auf der Feuerstelle zu kochen, war Papa zum *Merhaba* geradelt, dem besten türkischen Restaurant in der Gegend. Das Auto konnte er noch nicht benutzen, weil es nicht durch die Türen des Haremsanbaus passte.

Mama hatte die Lammspieße, die Auberginenröllchen, die gefüllten Weinblätter und Feigen auf ihren schönsten Platten arrangiert und Tante Ellies Porzellan mit Goldrand gedeckt. Ein Kerzenleuchter brannte und die zwei Elektronikzeitschriften lagen unauffällig griffbereit auf einem Beistelltischchen.

Erwartungsvoll schauten alle auf Herrn Osman, der langsam in den Raum schwebte. Er lächelte wohlwollend, als sein Blick auf die Tafel fiel. Papa rückte ihm den Stuhl an der Spitze des Tisches zurecht und Osman setzte sich auf den Ehrenplatz.

»Möge es zu Zucker werden!«, rief er in die Runde und häufte sich von allem auf seinen Teller. Ohne auf die anderen zu warten, begann er genüsslich, sich vollzustopfen.

»Dies ist ein vorzüglich gekochtes Mahl«, fügte er kauend hinzu und lächelte Mama dabei an. »Ich muss gestehen, mein erstes Urteil über Ihre werte Kochkunst war etwas vorschnell.«
»Welches Urteil?«, fragte Mama.
»Die langen, glitschigen Röllchen ließen mich doch etwas zweifeln«, sagte der Dschinn und schüttelte sich bei der Erinnerung.
Mama sah ihn verständnislos an.
»Er meint die Nudeln«, sagte Papa und zwinkerte Mama verschwörerisch zu. »Die hatte damals – ich gekocht.« Er war bester Dinge, denn bald würden sie wieder Strom und Telefonanschluss haben und die Heizung bekämen sie als Nächstes in den Griff.
»Ah«, sagte Mama. »Danke. Nehmen Sie sich doch noch, Herr Osram.« Sie zeigte ihm eine Platte mit Lammspießchen und Reis.
Osman, der seinen Teller erstaunlich schnell geleert hatte, häufte ihn sich wieder voll.
»In einer Flasche vergisst man, wie hungrig man eigentlich ist«, sagte er und leerte auch seinen zweiten Teller. Auch zu einer dritten und vierten Portion sagte er nicht Nein.
Anton wunderte sich, dass der Dschinn so viel Appetit hatte. Papa und Mama hielten sich mit dem Essen höflich zurück.
Mama war etwas aufgeregt, was Anton daran merkte, dass ein kleiner roter Fleck auf ihrer Wange glühte. Nach dem fünften Teller streckte Herr Osman sich, tätschelte seinen Bauch und schaute hinaus auf den Innenhof, in dem die Zitronenbäumchen blühten. Er seufzte.

»Gibt es den Kaisergarten noch?«, fragte er.
»Kaisergarten?« Mama schaute ihn überrascht an. »Das ist ein Stadtteil von Wien.«
»Nein, nein, er lag außerhalb der Festung Wien. Auf der anderen Seite der Donau«, sagte Osman.
»Ich glaube, er meint den Augarten«, sagte Papa. »Der ist … ähm … außerhalb der Festung.«
Osman fuhr verträumt fort: »Dort gab es nicht nur Zitronenbäume und Datteln und Feigen. Alles, was das Herz begehrte, wuchs um den Palast und die herrlichen Teiche. Ich erinnere mich: In den Tiergehegen waren Tiger, Hirsche und ein Vogel Strauß. Aber am ungewöhnlichsten war der Ziegenvogel.«
»Ziegenvogel?«, fragte Knödel. »So etwas gibt es nicht.«
»Doch, doch«, sagte Osman. »Ich habe ihn mit eigenen Augen gesehen. Er hat den Kopf und die Beine eines Pfaus und den Körper einer Ziege.« Osman lächelte gedankenversunken. »Wir haben dort die prächtigsten Feste gefeiert. Als der Gesandte des Sultans anreiste, wurden dreihundert Wagen mit Leckereien in den Garten geschafft.«
»*Dieser* Gesandte?«, flüsterte Anton. »Also der, der dem Großwesir … du weißt schon?«
Der Dschinn verstummte. Anton biss sich auf die Zunge, weil er seinen Freund wieder an seine Schmach erinnert hatte. Wäre er doch ruhig geblieben!
In die kleine Stille hinein sagte Papa: »Ja, der Augarten, der ist heute noch schön. Aber den Ziegenvogel gibt es wirklich nicht.

Übrigens, Herr Osman«, er tauschte einen raschen Blick mit seiner Frau, »wir wollten Sie da noch um etwas bitten ...«

»Später, später«, wehrte Osman ab und sah plötzlich verdrossen aus. »Soll der Gast denken, man hat ihm das Essen mit Hintergedanken bereitet?«

Mama sah Papa vorwurfsvoll an.

Zum Glück kam in diesem Moment Knödel aus der Küche. Sie trug ein silbernes Tablett. Darauf dampften Tässchen mit Mokka und in der Mitte stand ein großer Teller mit türkischem Honig.

Osmans Augen leuchteten, als sie das Tablett vor ihm abstellte.

»Wie lange habe ich solch Naschwerk entbehrt!«, rief er.

»Ungefähr dreihundertdreißig Jahre?«, sagte Knödel.

»Erinnere mich nicht.« Osman machte eine wegwerfende Handbewegung, nahm sich ein Stück türkischen Honig und biss mit geschlossenen Augen hinein. Die Metzgers probierten auch. Papa und Mama war der Honig viel zu süß, doch Anton und Knödel fanden ihn köstlich. Er schmeckte fast wie Weingummi. Nur wegen Osman hielten sie sich etwas zurück. Nachdem er alles auf dem Teller verspeist hatte, rülpste Osman, gähnte und erhob sich.

»Nach einem so reichen Gelage ist es Zeit, ein wenig zu ruhen«, sagte er und verneigte sich vor Mama. »Einen Dank der edlen Köchin. Mögen Ihre Hände gesegnet sein.« Und damit verschwand er in einer Rauchwolke.

»Und was ist mit unserem Strom?«, fragte Knödel später enttäuscht, als sie die Teller in die Küche trug. »So wird das ja nie was!«
»Lass ihn. Er braucht halt noch etwas Ruhe«, sagte Anton.
Er holte Wasser zum Spülen aus dem Brunnen, indem er den Eimer hinabließ, bis er ihn aufs Wasser klatschen hörte. Dann zog er ihn wieder hoch und brachte ihn zu einem steinernen Becken im Hof. Mama wusch ab und Anton half ihr beim Abtrocknen.
»Ein bisschen wie Urlaub«, sagte Anton.
»Auf dem Campingplatz«, fügte Mama hinzu. Sie versuchte, nicht mit den Tellern zu klappern, um Herrn Osmans Schlaf nicht zu stören.
Papa war an diesem Abend in die Stadt gegangen, um sich in einer Kneipe ein Fußballspiel anzuschauen. Knödel und Mama liefen mit Filzstiften durchs Haus und markierten die Stellen, wo sie gern Steckdosen hätten, mit einem roten Kreuz und den Platz für Telefonanschlüsse mit einem blauen Kreis.
Doch von Osman hörten sie nichts. Er war nach dem üppigen Mahl in einen sehr tiefen Schlaf gefallen.
»Kein Wunder, nach dreihundert Fastenjahren«, murmelte Knödel. Sie war genervt, denn Mama hatte allen streng verboten, das Badehaus zu betreten, und sie hatten sich die letzten Tage mit kaltem Brunnenwasser gewaschen. Zu essen hatte es hauptsächlich Pizza vom Pizzaservice gegeben, den Mama immer vom Büro aus bestellte.
Beim ersten Mal war die Pizza lauwarm angekommen, weil der

Fahrer lange vergeblich nach dem Klingelschild gesucht hatte. Als er schließlich den Türklopfer in Form eines goldenen Löwenkopfs gefunden und Knödel ihn in den Palast gebeten hatte, war ihm die Spucke weggeblieben. Als Pizza-Ausfahrer hatte er schon einiges gesehen, aber das hier verschlug ihm die Sprache.
Ansonsten gab es hauptsächlich Aufschnitt. Da Herr Osman noch immer auf sich warten ließ, hatten sie den Brunnen als Kühlschrank benutzt, nachdem Papa auf die Idee gekommen war, seine Weinflaschen dort in einem Eimer zu kühlen.
Anton hatte sich inzwischen daran gewöhnt, bei Kerzenlicht ins Bett zu gehen. Er fand es sogar gemütlich und im August blieb es sowieso noch schön lange hell.

»Ich kann nicht mal meine Haare föhnen!«, schimpfte Knödel gerade, als nach zwei Tagen endlich ein lautes Gähnen aus dem Badehaus drang. Es war ein warmer später Nachmittag.
»Hey, super. Er ist endlich wach!«, rief sie.
»Ssssstt. Weil du ihn mit deiner lauten Stimme geweckt hast«, sagte Anton vorwurfsvoll und ging zum Badehaus.
Knödel kam hinterher.
Osman lag im Wasserbecken und schaute sie schläfrig an. Mit einem Finger zeigte er auf Knödels Bikini-Oberteil.
»Das schickt sich nicht für die Tochter des Hauses«, sagte er.
Knödel wurde knallrot.
»Zieh dir was anderes an«, flüsterte Mama, die gerade aus dem Büro gekommen war und sofort ins Badehaus geschaut hatte.

»Lass uns für Herrn Osman einen Mokka brauen. Anton, komm mit und hilf mir.«
Anton gehorchte zögernd. Lieber wäre er bei seinem Freund geblieben.
Mama war inzwischen recht geschickt beim Feuermachen geworden. Papa hatte Grillanzünder besorgt und im Nu loderte eine kleine Flamme, auf der Mama das Kaffeewasser kochte.
»Hör zu, Anton«, sagte sie leise, als sie allein waren. »Überlege dir genau, was du dir jetzt wünschst.«
»Und wir«, sagte Knödel, die nun mit T-Shirt bekleidet die Küche betrat, »wir zeigen dann immer die Bilder. Okay, Kleiner?«
»Ja, ja«, sagte Anton. »Ich hoffe nur, dass er danach nicht wieder so schwach ist.«
»Der erholt sich ja, wie du siehst. Nach einem Wunsch isst er für zehn, schläft zwei Tage, und alles ist gut«, sagte Knödel.
»Hey, rede nicht so über ihn!« Anton gefiel Knödels Ton überhaupt nicht.
»Streitet jetzt nicht«, sagte Mama. »Bring ihm bitte den Kaffee ins Wohnzimmer, Anton. Es ist wichtig, ihn bei Laune zu halten. Ich will nicht wieder zwei Tage warten.«
Anton brachte den Kaffee ins Wohnzimmer, wo Papa auf eine Seite von *Elektronik Heute* deutete und versuchte, dem tropfenden Dschinn den Stromkreislauf zu erklären. Osman hörte höflich zu. An seinem abwesenden Blick merkte Anton, dass er kein Wort verstand.
»Für dich«, sagte er und hielt dem Dschinn das Tablett hin.

»Ich hoffe, auch Ihr habt wohl geruht«, sagte Osman höflich in die Runde.
»Ja, schon«, sagte Anton. »Allerdings nicht zwei Tage und Nächte lang – so wie du.«
»Wirklich?!« Osman schüttelte den Kopf.
»Und hier«, Papa hatte sich wieder etwas nach vorn geschoben, »hätten wir die Starkstromleitung, die wir für die Küche bräuchten.«
Nun war auch Knödel nicht mehr zu bremsen, die inzwischen mit Mama ins Wohnzimmer gekommen war. Sie griff sich *CompuNews* und blätterte die Wireless-LAN-Seite auf. Während Osman zuhörte, erklärten Papa und Knödel abwechselnd, wie etwas funktionieren sollte. Ab und zu tauschten Anton und Osman Blicke. Anton zuckte mit den Schultern und formte lautlos die Worte »Tut mir leid«. Auch Mama schien zu merken, dass die Beschreibungen etwas zu langwierig waren.
»Wie wäre es, wenn Anton jetzt einfach wünscht«, schlug sie vor. Sie hatte in einer anderen Zeitschrift ein hübsches Bild von einer Steckdose entdeckt und hielt es strahlend hoch.
Der Dschinn wandte sich zu Anton und schaute ihn aus seinen wassergrünen Augen an.
»Also, mein kleiner Herr?«, sagte er und Anton fand, es klang fast ein bisschen spöttisch.
Osman meinte wohl, dass Anton der Sklave in der Familie war, der nur die Wünsche der andern erfüllte. Und hatte er nicht recht?, dachte Anton, als er die Augen schloss, die blaue Flasche

fest umfasste und sagte: »Ich wünsche mir, dass es überall Steckdosen mit Strom gibt und Telefonanschlüsse …«
»Warte!«, rief Mama. »Steckdosen, wo die roten Kreuze sind, und Telefonanschlüsse, wo die blauen Kreise sind!«
»Und Anschlüsse für die drahtlosen Lautsprecher, wo die roten Kreuze sind«, fügte Knödel hinzu.
»Ich«, Anton war etwas durcheinander, »ich wünsche mir Telefondosen, wo die roten Kreuze sind, und Steckdosen, wo die blauen Kreise sind«, sagte er.
»Ne-e-i-i-n!«, schrie Mama.
Doch da war schon das Brummen zu hören, das wie ein Schwarm Hornissen klang. Ein blauer Blitz schoss durch den Raum, und als sich der Nebel gelichtet hatte, waren überall Telefonanschlüsse zu sehen. Hier und da gab es auch ein paar Steckdosen.
»Oh Anton!«, rief Mama.
»Verdammt, du hast alles vermasselt!«, sagte Knödel.
Entsetzt schauten sie sich um.
»Toll, das heißt, in der Küche gibt's jetzt wahrscheinlich zwölf Telefonanschlüsse«, sagte Mama.
»Dann sollten wir sie für viel Geld als Callcenter vermieten«, schlug Knödel vor.
Anton stand schweigend da und starrte auf seine Zehenspitzen. Er war puterrot geworden. Aber nicht aus Verlegenheit. Er war richtig wütend. Wieder hatte er sich etwas für seine Familie gewünscht und wieder war es danebengegangen. Er spürte den Blick des Dschinn auf sich ruhen, aber er schaute nicht hoch.

»Ich bin etwas erschöpft und begebe mich jetzt an meinen Ruheplatz«, sagte Osman, verneigte sich und verschwand in einer Rauchwolke.

Tatsächlich gab es in der Küche nun zwölf Telefonanschlüsse und auch der Rest des Palastes war damit reichlich ausgestattet. Doch zum Glück gab es auch ein paar Steckdosen, die genauso aussahen wie die aus der Zeitschrift, die Mama hochgehalten hatte.

Knödel verschwand sofort auf ihr Zimmer, um Lilly anzurufen. Kurz darauf kam sie zurück.

»Telefon funktioniert nicht«, sagte sie.

Papa hatte inzwischen mit dem Föhn die Steckdosen getestet.

»Der Stecker lässt sich nicht reinschieben«, sagte er. »Ich fürchte, Osman hat nur die Steckdosen an die Wand gezaubert. Das mit den Drähten hat er nicht so richtig kapiert.«

»Schön, dann sind wir ja genauso weit wie davor«, sagte Mama. »Außer dass wir überall nicht funktionierende Telefonanschlüsse haben. Und was machen wir jetzt?«

»Anton muss halt noch mal wünschen«, sagte Papa. »Ganz einfach.«

Das blaue Licht

Die Laune im Palast war im Keller. Nach dem Abendessen – es gab wieder Pizza – war Papa noch mal zum Fußballgucken verschwunden und Mama besuchte eine Arbeitskollegin, deren Mann Elektriker war. Sie erhoffte sich ein paar goldene Tipps. Knödel hockte im Innenhof unter den Zitronenbäumchen. Sie hatte ihr Gesicht gründlich mit einer Gurkenmaske eingeschmiert und lackierte sich im letzten Abendlicht die Nägel.
Anton versuchte, sich an ihr vorbeizuschleichen, aber sie bemerkte ihn: »Hey, Kleiner, hast du mal Feuer?«
Anton ging in die Küche und kam mit einem Feuerzeug zurück. Knödel zündete damit den Kerzenleuchter an, der auf der Balustrade des Springbrunnens stand, und lackierte weiter ihre Nägel. Aus dem Badehäuschen hörte Anton ein leises Räuspern. Er schaute vorsichtig hinein. In der Dunkelheit vernahm er die säuselnde Stimme des Dschinn.
»Komm nur herein, mein junger Gebieter.«

Anton tastete sich bis zu den Kissen vor, auf denen der Dschinn lag, und ließ sich neben ihn fallen. Langsam gewöhnten sich seine Augen ans Halbdunkel. Beide schwiegen eine Weile.

Dann sagte der Dschinn: »Der letzte Wunsch war von unklugen Eltern.«

Anton nickte. »Ich weiß. Ich hatte es befürchtet.« Das Thema war ihm unangenehm.

»Hat der Großwesir dich damals in die Flasche gesteckt?«, fragte er, um auf etwas anderes zu kommen.

Osman schüttelte den Kopf.

»Aber nein. Einen Dschinn kann man nicht einfach so in die Flasche stecken.« Er hob die Augenbrauen und schaute streng. »Ich hatte mich in der Flasche verborgen, als der Spitzel das Zelt meines Herrn betrat. Blitzschnell hatte er den Korken draufgestöpselt und mich zum Großwesir gebracht. Und was wollte der Wesir? Dass ich fortan *ihm* diene! Natürlich habe ich mich geweigert. Darum ließ er mich in den Fluss werfen. Und davor schmähte er mich mit scheußlichen Beschimpfungen! ›Na, du fetter Faulpelz? Jetzt kannst du ein Weilchen ausruhen!‹ … Aber warum quälst du mich wieder mit meiner Vergangenheit?«

»Weil …«, Anton zögerte. »Ich habe nachgedacht. Du erfüllst ja immer nur Wünsche für die Menschen, die dich aus der Flasche befreien.«

Der Dschinn nickte. »Ja. Und?«

»Aber was würdest du dir eigentlich wünschen, wenn du einen Wunsch frei hättest?«

Der Dschinn lachte so laut, dass Knödel draußen aufhorchte.
»Warum lachst du?«, fragte Anton.
»Weil noch nie jemand geneigt war, mir solch eine Frage zu stellen«, antwortete der Dschinn. »Es überrascht mich.«
»Und«, beharrte Anton. »Was wäre dein Wunsch?«
»Mein Wunsch, kleiner Giaur, den kennst du so gut wie ich. Ich würde zurückblättern wollen im Buche des Schicksals, um Vergangenes wiedergutzumachen«, antwortete der Dschinn.
Nur er bemerkte, wie in diesem Augenblick der Vorhang zur Seite geschoben wurde. Draußen war es fast dunkel geworden. Im Mondlicht zeichnete sich Knödels Silhouette ab.
Anton stand auf. Er hielt die Flasche ganz fest in der Hand. Feierlich sagte er: »Ja, und genau das wünsche ich mir! Ich wünsche dich zurück in dein altes Leben, auf dass du alles wiedergutmachen kannst …«
Und dann ging alles ganz schnell. Knödel war auf Anton zugestürzt und versuchte, ihm die Flasche zu entreißen.
»Wünsch ihn nicht weg!«, rief sie.
Doch da war es schon zu spät. Sie wurden von einem Strudel erfasst, der sie durch die Luft wirbelte. Das Hornissenbrummen war lauter und schärfer als bisher. Aus dem Augenwinkel sah Anton seine Schwester, die lautlos aufschrie. Um sie herum funkelten Staubkörner im blauen Licht, und dann war alles ganz schwarz und still.

Im Feldlager

Als Anton die Augen öffnete, sah er nur Dunkelheit. Unter seinen Fingern spürte er feuchten Boden und es roch scharf und säuerlich nach Tier.

»Knödel? – Osman??«, rief er.

»Au, du sitzt auf meinem Fuß«, schimpfte Knödel.

In diesem Augenblick begann der Mond sich langsam durch die Wolken zu schieben und Anton erkannte einen Hügel neben sich. Er schien leicht zu schwanken, und als der Mond die Wolken abgestreift hatte, verwandelte sich der Hügel in ein Kamel, das käuend neben ihnen kniete.

Knödel sprang erschrocken auf.

»Na toll. Das hast du ja super hingekriegt. Wünsch uns sofort wieder zurück!«, rief sie.

Anton war kreidebleich geworden und schaute sich um, aber der Dschinn war nirgends zu sehen. Hoffentlich ist er in der Flasche, dachte er.

Im gleichen Moment wurden sie von hinten gepackt und grob

auf die Füße gezerrt. Der Angriff kam so überraschend, dass sich Anton gar nicht wehren konnte. Der Mann, der ihn hochgezogen hatte, schimpfte los in einer Sprache, die Anton nicht verstand. Er konnte ihn nicht sehen, aber er roch stark nach Schweiß. Als die Geschwister nicht antworteten, drehte er Anton den Arm auf den Rücken, sodass er vor Schmerz fast schrie. Dann wurden beide abgeführt.

Nachdem sie einige Meter durch die Dunkelheit gestolpert waren, sah Anton die glimmenden Holzscheite einer Feuerstelle. In ihrem schwachen Schein zeichneten sich viele Zelte ab, die sich um eine große Zeltburg scharten.

Die Wachen führten sie zu einem rötlichen Zelt, vor dessen Eingang Fackeln brannten. Das Innere war mit Öllampen erleuchtet, die im Luftzug flackerten und fliehende Schatten an die Wände warfen. In große Kissen gelehnt, eine Wasserpfeife rauchend, saß ein Mann, der einen weißen Turban trug. Er hatte klare Gesichtszüge und sah aus, als wäre er hier der Chef.

Die Wächter versetzten Anton und Knödel einen so heftigen Stoß, dass sie auf die Knie fielen. Dabei rutschte Anton die blaue Flasche aus der Hand und rollte zur Seite. Zum Glück bemerkte der Mann es nicht, denn er starrte nur Knödel an. In seinem Blick mischte sich Neugier mit leichtem Ekel. Anton wandte sich zu seiner Schwester. Natürlich, die Gurkenmaske! In der Aufregung hatte er sie ganz vergessen. Auch die Wächter starrten auf das weiß-grüne Gesicht und traten vorsichtig einen Schritt zurück. Knödel verstand nicht, was los war.

»Deine Gurkenmaske!«, flüsterte Anton.

Der Mann hatte ihn gehört.

»Giauren«, sagte er. Seine Stimme klang weich. Er hatte blaue Augen, die jetzt auf Anton ruhten.

Anton nickte und verbeugte sich.

»Spione!«, fuhr der Mann fort.

»Nein!«, rief Anton. »Keine Spione.«

»Für wen spioniert ihr? Heraus damit, sonst hängt ihr morgen am Galgen.« Sein Deutsch hatte einen leichten Akzent, aber Anton konnte ihn gut verstehen.

»Für niemanden. Wir wissen nicht mal, wo wir sind«, rief Knödel mit sich überschlagender Stimme.

»Ihr wisst nicht, wo ihr seid?«, sagte der Mann und lachte leise. »Vielleicht in Stambul im Palast des Sultans? Für wie dumm haltet ihr mich?«

»Wir wissen es wirklich nicht«, sagte Anton, obwohl er natürlich schon eine Ahnung hatte. Waren sie etwa bei dem bösen Großwesir gelandet?

»Stellt meine Geduld nicht auf die Probe. Entweder ihr sprecht die Wahrheit und könnt hier als Sklaven dienen oder ihr kommt morgen zum Cellat.«

Was auch immer ein Cellat war, es klang nicht gut. Wo steckte nur der Dschinn? Wie konnte er sie so im Stich lassen? Vorsichtig versuchte Anton, mit dem Knie die Flasche zu sich heranzuschieben. Doch seine Bewegung war dem scharfen Blick des Mannes nicht entgangen. Er deutete auf die Flasche und rief ei-

nen kurzen Befehl. Ein Wächter sprang nach vorn und reichte sie ihm. Der Mann mit dem Turban hob sie hoch, betrachtete sie ungläubig und stieß einen kleinen Schrei aus.
»Diebe seid ihr auch noch!«, rief er und auf seiner Stirn schwoll eine Ader an. »Wie seid ihr in mein Zelt eingedrungen?«
»Gar nicht!«, sagte Anton. »Wirklich nicht.« Komischerweise hatte er weniger Angst, als er hätte haben müssen.
Doch der Mann wurde nur noch wütender.
»Hinaus mit ihnen!«, rief er. »Bindet sie bei den Tieren an.«
Die Wachen nahmen Anton und Knödel unsanft am Arm und zogen sie hinaus in die Nacht. Die Kinder wagten nicht, miteinander zu sprechen. Sie gingen an vielen Zelten vorbei, aus denen man lautes Schnarchen hörte. Hier und da standen Wachtposten, die neugierig auf Knödels Gurkenmaske deuteten. Hinter den Zelten ging es einen matschigen Weg hinab zu ein paar Felsen. Es roch wieder scharf und muffig nach Tieren. Neben Kamelen standen Ochsen mit gewaltigen Hörnern. Knödel trat in einen weichen Haufen und fluchte leise. Die Wachen schoben sie an den Tieren vorbei zu einem Felsen, in den Eisenringe eingelassen waren. An den Ringen waren Ochsen und Kamele angekettet. Die Wachen ließen zwei der Tiere frei, nahmen die Ketten, banden sie um die Arme der Kinder und zurrten sie mit Seilen fest. Auch die Füße wurden ihnen mit Riemen gefesselt. Bei Knödel achtete der Wächter darauf, dass sein Gesicht ihr nicht zu nahe kam. Die Männer riefen sich noch ein paar Worte zu, dann waren sie verschwunden.

Neben Anton stand ein Ochse. Er trat schnaubend von einem Bein aufs andere. Ängstlich schaute Anton auf die Hörner.
»Er wird dir nichts tun«, sagte Knödel. »Die Tiere hier sind Menschen gewohnt.«
»Meinst du?« Anton war erleichtert: Wenigstens redete sie noch mit ihm. Schließlich war es seine Schuld, dass sie hier gelandet waren. Das Wünschen war bis jetzt überhaupt nur schiefgegangen! Eigentlich war es mit jedem Wunsch schlimmer geworden. Und jetzt waren sie in einer aussichtslosen Lage. Er hatte Tränen in den Augen.
»Verdammt, es tut mir so leid«, flüsterte er.
»Und mir erst«, sagte Knödel. »Ich weiß auch nicht, was wir jetzt machen. Wahrscheinlich ist dein beschissener Dschinn nach der Wunscherfüllung wieder so fertig, dass er erst einmal ein paar Tage schläft. Und dann ...«
»Dann sage ich ihm, er soll uns wieder nach Hause wünschen«, sagte Anton.
»Genau.« Knödel nickte. »Wir müssen nur den Herrn mit dem weißen Turban so lange bei der Stange halten, bis Osman aufwacht.«
Sie fror in ihren Shorts und ihrem T-Shirt. Ein Glück, dass sie sich wenigstens noch das bisschen Stoff über den Bikini gezogen hatte. Anton sah, dass sie zitterte. Auch er zitterte ein wenig, aber nicht nur vor Kälte. So gut es ging, rutschte er etwas näher.
»Wenn wir ganz dicht beieinanderliegen, ist uns nicht mehr so kalt«, sagte er.

Knödel zögerte kurz. »Na gut, aber kein Kuscheln«, sagte sie dann. »Ich würde gerne wissen, wo wir überhaupt sind. Sieht aus wie ein Kamelmarkt. Und diese Gurkenmaske nervt vielleicht!«

»Versuch doch, sie mit deinem Ärmel abzureiben«, sagte Anton.

Knödel rubbelte ihre Wange am Ärmel. Die Gurkenmaske war inzwischen staubtrocken und etwas von dem Staub rieselte herunter. Nur an ihre Stirn kam sie nicht heran. Anton schaffte es, mit seinen festgebundenen Händen zumindest etwas von der Paste auf ihrer Stirn abzureiben. Die Ketten und Riemen taten ihm an Händen und Füßen weh. Doch er versuchte, nicht daran zu denken.

»Wo wir sind, kann ich dir verraten, aber ich weiß nicht, ob du mir glauben wirst«, sagte er, nachdem er möglichst viel von der Maske weggerubbelt hatte. Und dann erzählte er Osmans ganze Geschichte.

Knödel lauschte aufmerksam.

»Du meinst, wir haben gerade eine Zeitreise gemacht?« Sie schüttelte ungläubig den Kopf. »Anton, so etwas gibt es nicht. Wie soll das denn funktionieren?«

»Keine Ahnung«, sagte Anton. »Aber was denkst du, wo wir sind. In einer riesigen Filmkulisse?«

»Oder in einem Traum. – Au!«

Anton hatte sie gekniffen und es tat weh.

»Okay, kein Traum«, seufzte Knödel.

Sie schwiegen. Eines der Kamele hatte sich niedergelassen und kniete dicht neben ihnen. Es roch nicht gerade nach Rosen, aber es strahlte heimelige Wärme ab. Anton legte den Kopf auf den Boden. Zwischen den dunklen Tierrücken sah er den Nachthimmel, der von unzähligen Sternen übersät war. Es waren viel mehr, als man sonst über Wien sehen konnte. Merkwürdig, dachte er, wie nah sie ihrem Zuhause waren und doch gleichzeitig so unendlich weit davon entfernt.

»Wenn das alles stimmt, dann gibt es immerhin eine gute Nachricht«, unterbrach Knödel seine Gedanken.

»Welche?«

»Der Mann mit dem Turban müsste dieser Mehmed Ali sein.«

»Warum?«

»Weil er uns als Diebe bezeichnet hat. Es war eindeutig seine Flasche.«

»Aber es könnte auch der Großwesir sein.«

Knödel schüttelte den Kopf. »Der Großwesir würde ein noch viel prächtigeres Zelt haben«, sagte sie. »Und viel mehr Wächter. Außerdem sah er nicht besonders böse aus.«

»Ich hoffe, du hast recht«, sagte Anton.

Die Augen wurden ihm immer schwerer, bis er sie nicht mehr offen halten konnte. Er wusste nicht, ob er schon träumte oder noch wach war, als er Knödels Stimme flüstern hörte: »Wir kriegen das schon irgendwie hin, Kleiner.«

Mehmed Ali

Anton war kaum eingeschlafen, da wurde er schon wieder geweckt. Eine Hand packte ihn am Arm und zog ihn hoch. Knödel war bereits wach. Die Wächter nahmen den Kindern die Fesseln ab und schoben sie den steinigen Pfad zwischen den Tieren entlang. Tau lag auf dem Gras, das ihre nackten Beine streifte, und es wehte ein kühler Wind. Der Himmel war inzwischen etwas grauer geworden. In einigen Stunden würde die Sonne aufgehen. Ab und zu spürte Anton eine Speerspitze im Rücken – als Warnung, dass er nicht abhauen sollte. Anton war noch zu benommen, um nachdenken zu können.
War das alles doch nur ein Traum?

Sie erreichten das rote Zelt mit Herzklopfen. Diesmal blieben die Wachen draußen und schoben Anton und Knödel über die Schwelle. Anton blinzelte im Lampenschein. Der Ölgeruch war noch stärker als am Abend zuvor. Der Mann mit dem weißen

Turban saß im Schneidersitz auf seinen Kissen. Doch er war nicht allein.
»Osman!«, rief Anton erleichtert. »Ich dachte schon …«
»Ich hätte euch im Stich gelassen?«
Anton nickte.
»Dann hast du wenig Vertrauen in deinen Dschinn!«
»*Deinen* Dschinn?«, fragte der Mann mit dem weißen Turban.
»Verzeiht, Herr«, antwortete Osman rasch. »Natürlich auch Euer Dschinn. Doch wie Ihr wisst, bin ich durch diese ungewöhnliche Reise in der Zeit plötzlich Diener zweier Herren.«
»Der Diener eines *Kindes*? Das ist kein würdiger zweiter Herr.«
»Es ist viel Zeit vergangen zwischen Euer beider Leben«, antwortete der Dschinn. »Da kann man den Dingen nicht irdische und vergängliche Namen geben, guter Herr Ali.«
»Wir sind wirklich aus einer anderen Zeit«, sagte Knödel. »Und wir möchten gern möglichst schnell dahin zurück.«
Mehmed Ali betrachtete sie. »Mir scheint, Bursche, du hast die grüne Gesichtsfarbe etwas verloren, aber dafür an vorlauter Zunge gewonnen.«
Bevor Knödel etwas sagen konnte, erhob sich Osman in all seiner Leibesfülle.
»Mein Herr«, sagte er. »Jetzt ist keine Zeit für Scherze. Ich flehe Euch an, auf meine Worte zu hören. Ich prophezeie Euch: In vier Tagen wird der Gesandte des Sultans erscheinen. Man wird ihm im Kaisergarten einen feierlichen Empfang bereiten. Viele Ochsen werden dafür geschlachtet werden. Dann wird der Gesandte

dem Großwesir befehlen, die Truppen vor Wien zurückzuziehen. Der Großwesir wird ihm aber nicht folgen. Von Gier nach Gold und Macht geblendet, wird er viele Männer in den Tod schicken. Ihr, mein mutiger Herr, werdet versuchen, den Frevel zu verhindern, aber …« Der Dschinn führte den Satz nicht zu Ende.

Mehmed Ali schüttelte den Kopf. »Wie kann so etwas sein? Wenn ein Gesandter des Sultans kommen würde, hätten wir längst davon erfahren.«

»Mein ehrwürdiger Gebieter«, sagte der Dschinn. »Dann erlaubt mir, dass ich Euch etwas vorschlage. Sollte ich recht behalten, dann gewährt mir, Euer Leben und Eure Ehre zu retten. Sollte ich unrecht haben, so werft mich in Ketten oder versenkt mich in den Tiefen des Flusses.«

Herr Ali saugte ein paarmal nachdenklich an seiner Wasserpfeife. Ängstlich schaute Anton zu Osman. Der jedoch verzog keine Miene. Schließlich nickte Herr Ali. »Ich habe nichts zu verlieren. So sei es denn. Aber was soll mit den Knaben geschehen?«

»Nun, ich bitte Euch, dass Ihr sie versteckt. Der vermeintliche Bursche ist eine unschicklich gekleidete Jungfrau, die man am besten vorläufig als Sklavin im Harem unterbringt. Der kleine Giaur könnte für Euch in der Küche Dienste tun.«

Mehmed Ali nickte. »Aber wenn deine Prophezeiung nicht in Erfüllung geht, übergebe ich sie dem Großwesir. Alles andere wäre zu gefährlich für mich.«

»Oh«, machte Knödel, die von diesem Plan nicht angetan war.

»Anton, wünsch uns jetzt sofort nach Hause.«
»Das geht leider nicht«, sagte Osman. »Anton hat sich gewünscht, dass ich meine Schuld wiedergutmache. Und dieser Wunsch muss nun erfüllt werden.«
»Oh, Mann«, stöhnte Knödel. »Ich will aber keine Sklavin sein.«
»Es gäbe auch die Möglichkeit«, der Dschinn räusperte sich, »in der Küche zu dienen.«
Knödel überlegte kurz, verzog das Gesicht und seufzte: »Na gut, dann lieber Harem.«
Mehmed Ali klatschte in die Hände. Aus dem hinteren Teil des Zelts erschien ein Diener in roten Pluderhosen und Weste und verneigte sich tief. Herr Ali gab ihm ein paar kurze Befehle. Der Diener kam herüber und bedeutete Knödel, mitzukommen. Als Anton folgen wollte, sagte Osman: »Du bleibst.«
»Aber …«
»Keine Widerrede«, sagte Osman und funkelte Anton und Knödel böse an. So streng hatte Anton seinen Freund noch nie erlebt.
»Schon gut, Toni. Wir schaffen das schon«, murmelte Knödel, drückte ihm die Hand und folgte dem Diener.
Als sie das Zelt verlassen hatte, bat Osman Anton, hier zu warten. Er wollte sich um Antons Garderobe kümmern. Mehmed Ali selbst war inzwischen im hinteren Teil des Zeltes verschwunden. Anton, der noch sehr müde war, legte sich auf die weichen Teppiche, schaute sich den Blumengarten an, der in die Zeltwände gewebt war, und schlief wieder ein.

Als die ersten dünnen Sonnenstrahlen durch den Vorhang drangen, berührte Osman seine Schulter.
»Aufstehen, kleiner Herr!«
Anton wusste erst nicht, wo er war, dann erinnerte er sich nach und nach. Er hatte das alles nicht geträumt. Es war Wirklichkeit! Er sah Osman an.
»Habe ich lange geschlafen?«
»Du hast sogar das Morgengebet verschlafen«, antwortete Osman. »Das darf nicht noch mal passieren. Hier«, er hielt Anton ein braunes Stoffbündel hin, »ich habe dir etwas Passendes zum Anziehen mitgebracht.«
Die Hosen und der Rock waren viel zu groß für Anton. Er musste Ärmel und Hosenbeine hochkrempeln und die Hosen mit einem Strick zusammenbinden. Das Material war rau und kratzte.
Osman trat einen Schritt zurück, musterte ihn und sagte: »Nun, es ist vielleicht nicht vollkommen, aber zumindest fällst du damit nicht mehr auf.«
Anton nickte. Er hatte noch nicht gefrühstückt und war hungrig. Hier würde es sicher keine Schokoflakes geben, dachte er gerade, als Mehmed Ali den Raum betrat.
»Ich muss sofort zum Großwesir«, sagte Mehmed Ali. »Eine dringende Angelegenheit, wie es scheint.« Beim Hinauseilen fiel sein Blick auf Antons neue Kleidung. »Da, kauf dir etwas zum Anziehen«, sagte er ärgerlich, zückte eine Münze aus der Innentasche seiner Weste und warf sie ihm zu. »In meinem Dienst musst du wohlgekleidet sein.«

Anton hatte die Münze aufgefangen und zeigte sie dem Dschinn.
»Ein Para, das sind drei Aspern«, sagte Osman. »Mein Gebieter ist großzügig.«
»Dein anderer Gebieter, meinst du wohl«, sagte Anton und drohte ihm mit dem Finger. »Komm, zeig mir den Markt. Da gibt es bestimmt auch was zu essen.«
Sie verließen das Zelt und Anton musste erst einmal die Augen vor der grellen Sonne schließen. Im Tageslicht sah alles ganz anders aus. Ein Meer von Zelten erstreckte sich nach allen Seiten. Direkt vor ihnen stand das prächtigste Zelt. Es sah aus wie ein kleiner Palast und an jeder Ecke ragte ein Turm in die Höhe. Es war mit Monden und Sternen bestickt und auf den Türmen flatterten grüne Fahnen. Wächter in Turban und weitem Rock bewachten den Eingang.
»Was ist das?«, fragte Anton.
»Das ist das Zelt von Kara Mustafa Pascha, dem Großwesir. Bei dem mein Herr – mein *anderer* Herr«, verbesserte sich der Dschinn mit einer kleinen Verbeugung, »gleich vorsprechen muss.«
»Und das hier?« Anton zeigte auf ein Zelt, das eher wie ein Sonnenschirm aussah. »Das ist das Haus des Cellat, des Scharfrichters«, sagte der Dschinn.
Anton wurde es mulmig, als er zum Galgen hinaufblickte.
»Sag mal, hast du das mit dem Datum auch ganz genau berechnet? Ich meine, mit der Ankunft des Gesandten?«

Osman zog eine buschige Braue hoch.
»Zweifelst du an meinen mathematischen Gaben?«
»Nein, natürlich nicht«, sagte Anton. »Es ist nur – du weißt, was Mehmed Ali angedroht hat, falls du dich irrst. Dann übergibt er uns dem Großwesir. Und wer weiß, was der mit uns macht.«
»Sei gewiss«, sagte Osman. »Noch heute wird die Nachricht kommen. Warte ab, du wirst schon sehen.«
Sie gingen weiter zwischen den Zelten entlang. Immer wieder öffneten sich vor ihnen Plätze, auf denen sich kleine Gruppen von Männern zusammendrängten. Anton verstand nichts von dem Stimmengewirr, aber es mussten verschiedene Sprachen sein. Ab und zu hörte er auch einen Brocken Deutsch. Vor manchen Zelten standen riesige Kessel, unter denen Feuer brannte. Männer mit meterlangen Kellen rührten darin und es roch verführerisch nach Suppe.
»Das ist nur für die Soldaten, die zu diesen Zelten gehören«, sagte Osman, als Anton hinübergehen wollte. »Komm weiter.«
Immer wieder drehte Anton sich nach den Kriegern um. Manche trugen Köcher mit Pfeilen quer über die Schulter geschlungen, andere verzierte Gewehre. Keinem von ihnen wäre Anton gern in einer Schlacht begegnet. Einige mit schmalen Augen, die besonders wild aussahen, hatten Wolfsfelle auf dem Kopf.
»Was ist das für eine Burg?«, fragte Anton.
Sie waren auf einer leichten Anhöhe angekommen und blickten auf eine mächtige Festung, unter der ein Fluss im Sonnenlicht glitzerte.

»Das?« Osman lachte. »Das ist die Festung Wien. Erkennst du sie nicht wieder?«

»Nein«, Anton schüttelte den Kopf. »Heute, also in meiner Zeit, sieht das alles ganz anders aus.«

Auf dem Markt drängten sich die Händler. In lautem Singsang boten sie hinter den Ständen ihre Waren an. Es roch nach Gewürzen, nach Urin, frischem Brot und geröstetem Fleisch. Anton musste schnell zur Seite springen, als Ochsen und Pferde an ihm vorbeigetrieben wurden. Offene Säcke standen an Karren gelehnt, aus denen der scharfe Geruch von rotem Pfeffer sich mit dem der Minze mischte, die in großen Bündeln ausgelegt war. Das Hämmern des Hufschmieds untermalte die heiseren Rufe der Händler. Zwischen einem Gemüsestand und einem Sattelmacher entdeckte Anton einen Bäcker.

Osman kaufte zwei tellergroße Fladenbrote, und während Anton hungrig Stücke davon abriss und verschlang, führte Osman ihn zum Hosenmacher. Der hagere Mann nahm mit einer Schnur an Anton Maß und fand bald ein Paar Pluderhosen für ihn.

»Er muss sie noch kürzen, wir kommen deshalb später zurück«, sagte Osman und führte Anton zum Dünntuchmacher.

Doch noch während der Dschinn nach einem passenden Rock für Anton suchte, hörten sie ein Geschrei.

»Geh da nicht hin«, sagte Osman.

Aber Anton gehorchte nicht. Neugierig schob er sich durch die Menge. Als er sich nach vorn durchgezwängt hatte, sah er eine Frau mit blonden Haaren, die versuchte, einen Jungen festzuhalten, den ein Mann mit Wolfsfell über dem Kopf gewaltsam von ihr fortzerren wollte.

»Was passiert da?«

»Das ist der Sklavenmarkt«, erklärte Osman, der Anton gefolgt war. »Diese Frauen und Kinder haben die Tataren auf ihren Raubzügen gefangen. Sie verkaufen sie hier im Lager als Leibeigene, als Sklaven. Sie nennen es ›Ernte der Steppe‹.«

»Sie klauen Kinder? Das ist ja furchtbar«, sagte Anton. »Ich … ich wünschte, ich hätte genug, um sie freizukaufen.«

»Damit sie bei nächster Gelegenheit wieder geschnappt werden?«, sagte Osman und schüttelte den Kopf. »Es reicht schon, wenn ich zwei Giauren habe, auf die ich aufpassen muss. Was soll ich mit vieren davon?«

»Bitte«, sagte Anton. »Tu mir diesen Gefallen.«

Der Dschinn zögerte.

»Aber du hast doch gesagt, ich soll schauen, was ich mir wirklich wünsche, oder?« Anton wollte nicht aufgeben.

Osman sah ihn an und schüttelte nochmals den Kopf. Dann schob er die Hand in die Tasche und nahm ein paar Münzen heraus. »Die waren eigentlich für deine Kleidung bestimmt, aber du weißt ja, ich stehe in deiner Schuld.«

»Danke!« Anton nahm die Münzen und ging zu dem Krieger, der die Frau festhielt. Der Junge war ungefähr so alt wie Anton und sah ihn hilflos an. Er hatte rote Haare und Sommersprossen.

»Oh lieber Gott, hilft uns denn keiner?«, rief seine Mutter verzweifelt.

»Ich versuch's«, sagte Anton.
»Du sprichst Deutsch?«, fragte sie überrascht.
Anton nickte und hielt dem Tataren die Münzen hin. Der lachte nur laut, zeigte seine schwarzen Zahnstummel und schob Antons Hand grob beiseite.
Da schaltete sich Osman ein, der Anton bislang stumm zugesehen hatte. Er redete auf Türkisch auf den Tataren ein und sie begannen zu feilschen. Osman ließ mehrmals den Namen Kara Mustafa Pascha fallen, und schließlich nickte der Mann so heftig, dass der Wolfskopf auf seinem Haupt auf und nieder sprang. Wütend schob er Osman die Frau und den Jungen entgegen. Er tat es mit solcher Wucht, dass Anton den Jungen auffangen musste, weil er sonst gefallen wäre. Leicht verlegen schauten die beiden sich an.
»Wohlan«, sagte Osman. »Wir haben sie gekauft, und nun?«
»Jetzt bringen wir sie zum Rand des Lagers«, sagte Anton. »Und dort lassen wir sie frei.«
Osman schüttelte den Kopf. »Meint mein Herr, ich hätte gerade keine dringenderen Geschäfte?«, sagte er. »Hab ich nichts anderes, was mir auf der Seele brennt? Aber gut«, seufzte er, »ich bin der Diener zweier Herren.«
Der Junge schaute Anton neugierig an, aber Anton schwieg.
Stumm folgten die drei dem eilig voranschreitenden Dschinn. Sie hatten fast das Ende des Lagers erreicht, als plötzlich Schüsse ertönten, gefolgt von einem lauten Knall. Der Dschinn griff Anton am Nacken und warf ihn zu Boden. Auch der Junge und

seine Mutter hatten sich hingeworfen. Schnell breitete sich eine Staubwolke über ihnen aus.

»Die Kanonenkugel ist hier ganz in der Nähe eingeschlagen«, sagte der Junge.

Osman war blass geworden. »Dem einen Herrn will ich das Leben retten, den anderen bringe ich unnötig in Gefahr!«

Wieder schaute der Junge neugierig zu Anton.

»Ist er dein Sklave?«, fragte er und deutete auf Osman.

»Nein«, sagte Anton. »Er ist mein Dsch…, mein Onkel«, verbesserte er sich rasch unter Osmans warnendem Blick.

»Hör zu«, sagte der Junge. »Von hier aus finden wir unseren Weg allein zurück. Es ist nicht mehr sehr weit. Wir verstecken uns auf einem der Bäume, bis es dunkel wird, und dann kommen wir schon durch.«

»Macht schnell, bevor sich die Staubwolke lichtet!«, sagte Osman.

Der Junge gab Anton die Hand. »Gott dank es dir. Übrigens – ich heiße Friedrich.«

»Ich bin Anton«, sagte Anton. Er verabschiedete sich noch von der Mutter und dann waren beide im Staub verschwunden.

Der Blitz der Prophezeiung

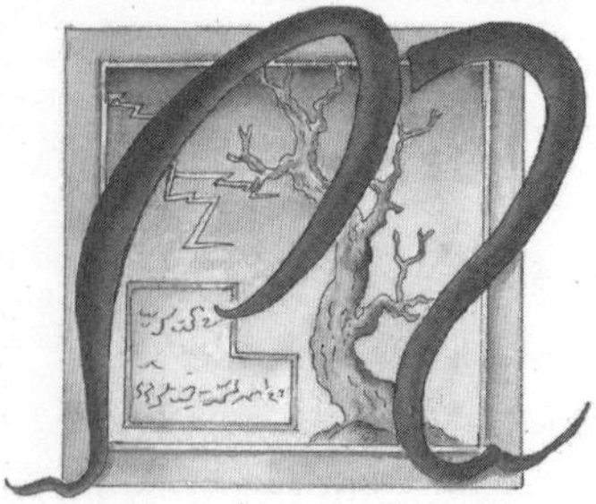

Mehmed Ali saß an seinem Schreibpult, als sie das Zelt betraten.

»Wo wart ihr so lange?«, fragte er. »Und wo sind deine neuen Kleider, Junge?«

Als Osman ihm erzählte, was sich zugetragen hatte, wandte Mehmed sich für einen Moment seinen Papieren zu, räusperte sich dann und rief: »So also befolgt ihr meine Anweisungen? Wie soll ich da auf deine Dienste vertrauen?« Seine blauen Augen, die an Anton vorbeiblickten, sahen aus, als wären sie fast etwas feucht.

»Es tut mir leid«, murmelte Anton.

»Nun fort von mir! Geh und bleib in der Küche, bis du etwas Passendes anzuziehen hast!«

Osman zeigte auf einen Vorhang, hinter dem Anton nach einer kleinen Verbeugung vor Mehmed Ali verschwand.

Die nächsten zwei Tage verbrachte Anton in der Küche. Ein Diener namens Üzük, ein gedrungener Mann mit stechenden dunklen Augen, wies ihn mit knappen Gesten ein. Anton half, Gemüse zu schneiden, zu kochen und abzuwaschen. Dazwischen sammelten sich alle zum Gebet und Anton tat sein Bestes, unauffällig mitzumachen. Aus der Ferne, vom Schlachtfeld, hörte er immer wieder eine fremd klingende, unheimliche Marschmusik. Und immer wieder donnerten Kanonen, sodass die Erde zitterte. Anton schrak jedes Mal zusammen. Die anderen Diener achteten gar nicht mehr darauf. Üzük grinste nur etwas abfällig über seine Ängstlichkeit.

In diesen Momenten dachte Anton oft an Knödel. Wo war sie? Und wie ging es ihr? Er hatte versucht, den kleinen Diener in roten Hosen anzusprechen, der Knödel mitgenommen hatte, doch der hatte nur mit den Schultern gezuckt, gelächelt und auf Türkisch geantwortet. Er hatte kein Wort von dem, was Anton sagte, verstanden.

Nachdem die letzten Töpfe gescheuert waren, legten die Diener sich zur Nachtruhe auf den Boden. Anton suchte sich einen Platz möglichst dicht am Eingang von Mehmeds Zelt. In der ersten Nacht versuchte er noch zu lauschen, traute sich jedoch nicht, den schweren Vorhang beiseitezuschieben. Würde Osman vorbeikommen, um nach ihm zu schauen? Aber er kam weder in dieser noch in der nächsten Nacht.

In der zweiten Nacht überlegte Anton, wie es wohl Papa und Mama erging. Es musste ein schöner Schock für sie gewesen sein, nach Hause zu kommen und weder er noch Knödel waren da. Ob sie ahnten, dass der Dschinn seine Finger im Spiel hatte?

Er fiel in einen tiefen, traumlosen Schlaf. Als er beim Morgengrauen aufwachte, war sein Rücken steif. Es roch nach kaltem Lampenöl; sein Magen knurrte. Er setzte sich auf und sah überrascht, was neben ihm lag: ein Paar reich bestickte Pluderhosen, ein türkisblaues Kleid mit dunkelblauer Schärpe und ein weißer Turban. Anton schaute sich um. Er war allein in der Küche. In der Ferne hörte er, wie das Gebet vom Vorbeter gesungen wurde. Rasch zog er die neuen Gewänder an und trat hinaus. Im Morgenlicht beugten sich viele Gestalten auf ihren Gebetsteppichen und dankten Allah. Neben ihm räusperte sich jemand leise.

»Guten Morgen, kleiner Herr.«

Anton war erleichtert, Osman zu sehen.

»Schau mal, was heute früh neben mir lag«, sagte er.

Osman nickte.

»Ich weiß. Ein Geschenk von meinem gütigen Herrn Ali.«

»Aber warum?«, fragte Anton. »Er war vorgestern so streng mit mir.«

»Das musste er sein, weil du seine Anordnungen nicht befolgt hast.«

»Aber warum schenkt er mir dann dieses tolle Gewand?«

»Weil du edel gehandelt hast.«

Anton sah ihn überrascht an. »Das versteh ich nicht«, sagte er.

»Jedenfalls darfst du jetzt wieder das Zelt betreten«, sagte Osman.

»Hat sich denn der Gesandte schon angemeldet?«, flüsterte Anton.

Osman schüttelte den Kopf. »Ich fürchte, noch nicht. Aber er wird kommen, sorge dich nicht.«

Osman zog Anton tiefer in die Schatten des Zelts. Das Gebet war vorbei. »Niemand soll merken, dass du nicht gebetet hast«, flüsterte er. »Das würde unnötig Aufmerksamkeit erregen.«

»Weißt du, wie es Knödel geht?«, fragte Anton.

»Es geht der jungen Sklavin vortrefflich«, sagte Osman. »Du kannst sie heute Abend sehen.«

Den restlichen Tag über wartete Anton mit klopfendem Herzen auf Nachrichten vom Großwesir. Aber jedes Mal, wenn er ihn fragend anguckte, schüttelte der Dschinn unmerklich den Kopf. Als es dunkel wurde, sagte er endlich: »Ich bringe dich jetzt zu deiner Schwester.«

Osman führte Anton zu einem großen und auffällig schönen, goldbestickten Zelt.

»Warte hier«, sagte er und verschwand im Eingang.

Kurz darauf erschien er mit einem rundlichen, dunkelhäutigen Diener in hellblauen Pluderhosen. »Ich hole dich nachher wieder ab«, sagte Osman zu Anton.

Der Diener forderte Anton auf, ihm zu folgen. Sie betraten das Hauptzelt, in dem ein etwas kleineres Zelt aufgebaut war. Auch hier waren die Wände aus farbigen Blumenmustern gewebt, schöner noch als bei Mehmed Ali. Aus der Ferne hörte Anton ein helles Lachen. Sie traten durch einen Vorhang in einen kleinen Raum zwischen den beiden Zelten. Auf weichen Teppichen lagen rote Kissen. In der Ecke stand ein Tischchen mit Äpfeln

und Weintrauben. Der rundliche Diener bedeutete Anton, dass er warten solle.
Kurz darauf erschien durch einen anderen Vorhang Knödel.
»Wow!«, sagte Anton bewundernd. »Wie siehst du denn aus!«
Seine Schwester trug weite, seidene Pluderhosen, darüber eine bestickte Bluse, eine Weste und eine Art Käppi mit Schleier. Ungeduldig fegte sie den Schleier vom Gesicht und plumpste auf die Kissen neben Anton.
»Das Gleiche könnte ich dich fragen«, sagte sie und deutete auf Antons Turban.
»Cooles Outfit«, sagte sie und grinste ihren Bruder an. Dann wurde sie ernst. »Und ist dieser komische Gesandte schon da?«
Anton schüttelte langsam den Kopf. »Und der Tag ist ja fast schon vorbei«, seufzte er. Dabei spürte er, wie ihm wieder die Angst in die Glieder kroch. Wenn der Gesandte nicht pünktlich käme, würde Mehmed Ali sie dem Großwesir ausliefern. Und dann viel Spaß. »Der Dschinn hat mir aber geschworen, dass alles gut gehen wird.«
»Hör zu«, sagte Knödel. »Du musst trotzdem noch mal ein ernstes Wörtchen mit ihm reden. Er muss uns unbedingt zurück in unsere Zeit bringen. Was hätte er davon, wenn wir beim Großwesir als Sklaven versauern. Oder Schlimmeres …« Sie zögerte. »Wenn uns etwas passiert. Dann ist er noch mehr von Schuld geplagt, weil er auch seinen zweiten Herrn nicht gerettet hat.«
Anton nickte.
Knödel sah ihn eindringlich an. Sie packte ihn mit beiden Hän-

den an den Schultern. »Du musst ihn überzeugen, Anton. Verstehst du? Nur du kannst das.«

»Und du bist nicht mehr sauer auf mich?«, fragte Anton.

»Woher denn! Ohne dich wäre ich doch nie in den Genuss gekommen, in einem echten Harem zu leben.« Sie versuchte ein Grinsen.

Anton sah sie fragend an. »Und wie ist es so im Harem?«

Knödel lehnte sich in die Kissen zurück.

»Ach, eigentlich ganz nett. Die Lieblingsfrau des Großwesirs hat eine neue Lieblingssklavin – mich! Ich hab ihr nämlich die Nägel mit dem Rest Nagellack lackiert. So etwas gibt's hier noch nicht. Natürlich war das der Hit. Das einzig Nervige ist, dass sie mich ständig in die Wangen kneift. Und zwar ziemlich heftig.«

»Und warum?«

»Das bedeutet, sie mag mich. Na ja, und dann hat gestern Abend jemand geschlampt und vergessen, das Lampenöl nachzufüllen. Jedenfalls saßen wir plötzlich im Dunkeln und der Typ mit der hohen Stimme und den blauen Höschen hat panikartig nach Feuer gesucht, weil im Harem immer Licht brennen muss. Na, und daraufhin hab ich das hier gezückt.«

Knödel zog unter ihrem Rock aus der Shortstasche das Feuerzeug hervor.

»Die Frauen haben gekreischt, weil sie dachten, ich mache Feuer mit meinen Fingern. Seitdem muss ich das der Lieblingsfrau jetzt jeden Tag vorführen.«

»Klingt besser als bei mir«, sagte Anton. »Ich muss den ganzen

Tag in der Küche helfen: Gemüse schnippeln, Wasser schleppen, servieren und abräumen. Dagegen war das Grabenbuddeln mit Papa noch Erholung.«

Aus dem kleinen Zelt erklang Musik. Ein Tamburin und eine Art Geige spielten zusammen. Eine Frauenstimme lachte leise.

»Das ist Jasmina, die Lieblingsfrau des Großwesirs«, sagte Knödel. »Sie bringt mir gerade die neuesten Tanzschritte bei. Dafür lernt sie von mir, was ich von dem ollen Schmittke noch weiß.«

Im letzten Winter war Knödel unter Stöhnen einmal die Woche in Schmittkes Tanzstunde gegangen.

»Fa-a-a-ni!«, rief es von der anderen Seite des Vorhangs.

»Ich muss wieder rein«, sagte Knödel und stand auf. »Und denk dran. Du musst Osman überzeugen.«

Anton nickte hilflos. Da legte Knödel plötzlich die Arme um ihn und drückte ihn ganz fest. Anton war so überrascht, dass er nicht wusste, was er sagen sollte. Das hatte seine Schwester seit Jahren nicht mehr getan.

»Tschüss, du Honk«, sagte sie. »Halt die Ohren steif.« Sie ging zum Vorhang, drehte sich noch einmal um, lächelte ihn an und verschwand.

Er ahnte nicht, dass es das letzte Mal für lange Zeit war, bevor er Knödel wiedersehen würde.

Vor dem Zelt wartete Osman auf ihn.

»Komm«, sagte er, »spute dich. Bist du gut zu Rosse?«

»Geht so«, sagte Anton zögernd. Er hatte Knödels Pferdefimmel nie geteilt. Aber als sie zum Reitunterricht ging, hatte Mama ihn einfach mit angemeldet. Oma hatte auch seine Reitstunden bezahlt, damit Anton sich nicht benachteiligt fühlte. Sie konnte ja nicht wissen, dass Anton jedes Mal Angst davor hatte.

»Gut, dann komm. Unser Pferd wartet schon.«

»Ich kann aber wirklich nur ein bisschen reiten«, rief Anton, der große Sprünge machen musste, um mit Osman Schritt zu halten. Osman schwebte ja schon fast.

»Wo reiten wir überhaupt hin?«, rief Anton außer Atem.

»Zum Gesandten. Er ist angekommen. Die Achse seines Wagens ist gebrochen. Einige Stunden von hier entfernt. Wir leisten ihm Begleitschutz.«

»Das sagst du mir so ganz nebenbei?!«, rief Anton. Sein Herz hüpfte vor Freude und Erleichterung. »Ich muss sofort Knödel Bescheid sagen.«

»Nicht jetzt. Später«, sagte Osman und nahm ihn fest an der Hand.

Im Schein der Fackeln sammelten sich vor dem Zelt von Mehmed Ali viele schwarze, schön geschmückte Pferde. Auf ihren Rücken saßen bewaffnete Krieger. Manche hatten Leopardenfelle um die Schultern geschlungen. Sie trugen nicht nur Gewehre, sondern auch Pfeil und Bogen. Einige schwangen ihre Krummsäbel durch die Luft und riefen etwas, das Anton nicht verstand. Herr Ali saß auf einem Schimmel, das schwarze Pferd neben ihm wurde von einem Diener gehalten. Es schnaubte unruhig und ruckte den Kopf immer wieder zu Boden.

»Komm, das ist unseres.« Osman zog Anton zu dem schwarzen Pferd, hüpfte hinauf und machte dem Diener ein Zeichen. Daraufhin hob der Diener Anton hoch und warf ihn hinter Osman auf den Sattel.

Anton konnte sich gerade noch an Osman festklammern, da ging es schon los. Sie galoppierten zwischen den Zelten an Feuerstellen vorbei, in deren schwachem Schein Soldaten hockten. Vor ihnen ritten zwei lange Kerle, die Fackeln trugen. Nach einiger Zeit kamen sie an einem kahlen Baum vorbei, der hoch in den Himmel ragte. Im Fackelschein sah Anton, dass die Äste des Baums ganz verkohlt waren.

»Schau mal, Osman.« Anton deutete auf den Baum.

»Er ist vor vier Tagen vom Blitz getroffen worden«, antwortete Osman. »Und ein Kamel, das hier Schutz suchte, wurde durch den zornigen Himmelsfunken hinweggerafft. Alle glaubten, es sei ein Zeichen, das nichts Gutes verhieß. Über dreihundert Jahre habe ich das nicht vergessen.«

»Und das war vor vier Tagen?«

»Vor vier Tagen. Ich erinnerte mich genau an den Moment, als wir hier eintrafen. Man hatte Herrn Ali sofort von dem Unglück berichtet, als ich mich noch in meiner Flasche erholte.«

»Deswegen wusstest du so genau, dass der Gesandte heute kommen würde!«

Osman lächelte fein.

»Jetzt kennt der Herr mein Geheimnis.«

Es dauerte fast eine Stunde, bis sie das Lager durchquert hat-

ten. Im Mondlicht erhoben sich schimmernd zu allen Seiten die Weinberge. Etwas bewegte sich in ihren Schatten.
»Was ist das?« Anton zeigte auf die Schatten.
»Das sind nur unsere Kamele«, beruhigte ihn Osman.
Sie ritten weiter über offene Felder und an verbrannten Dörfern vorbei. Aus den Ruinen stieg noch dünner, schwarzer Rauch. Mehmed Ali, der gerade neben ihnen ritt, bemerkte Antons Blick.
»Das waren unsere Krieger«, murmelte Ali. »Leider.«
Der Mond war bereits untergegangen, als sie endlich das Gefolge des Gesandten erreichten. Mehrere Zelte waren aufgeschlagen und Männer scharten sich um einen umgekippten Wagen. Mehmed Ali stieg von seinem Pferd und verschwand im größten der Zelte. Osman lenkte ihr Pferd auf einen Baum zu und stieg ab. Anton, der sich vor Müdigkeit kaum noch im Sattel halten konnte, rutschte in seine Arme. Osman breitete seinen Mantel auf dem Boden aus und Anton schlief sofort darauf ein.

Der Gesandte des Sultans

Der Dschinn hatte nicht übertrieben. Es kam alles, wie er es vorhergesagt hatte. Noch vor Sonnenaufgang saßen sie wieder auf den Pferden und begleiteten den Gesandten und seinen Hofstaat nach Wien. Osman hatte Anton geweckt und ihn aufs Pferd gehoben. Der Frühnebel lag noch über den Feldern und die Schwalben stoben durchs blasse Morgenblau. Doch diesmal ritten sie nicht gleich ins Lager zurück, sondern durch ein hohes Tor in einen von Mauern umgebenen Garten. Mehmed Ali ritt an ihnen vorbei und Anton rief ihm »Guten Morgen« zu, bekam aber keine Antwort. Mehmed Ali war schweigsam und wirkte gedankenverloren.

»Etwas lastet auf seiner Brust«, sagte Osman, der seinem Herrn neugierig nachschaute. »Es wird uns hoffentlich zugutekommen.«

»Wie meinst du das?«, fragte Anton.

Osman antwortete nicht.

Sie ritten einen breiten Kiesweg an Hecken entlang, die zu wundersamen Tieren gestutzt waren. Palmen, Orangen- und Zitronenbäumchen säumten die Wege und auf der Wiese standen weiße Zelte mit goldenen Verzierungen.

»Die Gefolgsleute des Großwesirs sind schon hier«, sagte Osman. »Und die dreihundert Wagen mit Speisen aus der Großherrlichen Küche.«

»Ist das etwa der Kaisergarten?«, fragte Anton.

Osman nickte.

»Dann zeig mir doch den komischen Vogel, von dem du damals gesprochen hast. Du weißt schon, der angeblich den Kopf von einem Pfau und den Bauch von einer Ziege hat«, sagte Anton und rutschte vom Pferd.

»Au«, stöhnte er. Ihm tat alles weh nach dem langen Ritt.

Osman lachte.

»Nun, dann komm.«

Anton ärgerte sich, dass Osman ihn auslachte. Schließlich war er kein trainierter Krieger. Er war schon stolz, überhaupt so weit mitgeritten zu sein!

Osman ließ sein Pferd auf der Wiese grasen und führte Anton die Alleen entlang, in deren dichtem Blätterwerk Äpfel dunkelrot leuchteten. Öfter musste der Dschinn dabei stehen bleiben und überlegen. Immer wieder wechselte er die Richtung.

»Hast du dich verlaufen?«, fragte Anton.

»Mit Verlaub«, antwortete der Dschinn empfindlich, »aber das letzte Mal bin ich hier vor über dreihundert Jahren gewandelt.

Da sind die Pfade meiner Erinnerung schon leicht überwachsen.«
Unterwegs entdeckten sie einen Springbrunnen. Sehnsüchtig schaute Osman ins Wasser: »Kühle und erquickende Oase«, seufzte er und dann sprang er zu Antons Überraschung hinein. Anton lachte, setzte sich an den Brunnenrand und baumelte mit den Beinen im Wasserbecken. Der Dschinn rekelte sich im Wasser und schloss die Augen gegen die Sonne, die zwischen den Blättern der Bäume hindurchfunkelte.
»Pass auf, dass niemand kommt«, sagte er.
»Warum?«
»Weil es nicht schicklich ist, in Brunnen zu baden.«
»Knödel nennt dich meinen feuchten Freund.«
Der Dschinn lächelte.
»Warum darf hier niemand wissen, dass du ein Dschinn bist?«
»Wir sind von den Zwischenwelten und für die Gläubigen ist der Umgang mit uns eine heikle Sache.«
»Und dein Herr Ali?«
Osman zögerte. »Herr Ali ist in diesem Sinne kein Strenggläubiger. Auch er steht zwischen den Welten.«
»Ist er etwa auch ein Dschinn?«, rief Anton aufgeregt.
»Schsch.« Osman legte einen Finger auf die Lippen und öffnete ein Auge. »Nein, seine Wurzeln reichen in eine ganz andere Welt zurück. Er war in seiner Kindheit ein Giaur, so wie du, und jetzt lebt er in dieser Welt. Doch genug davon. Wir wollten ja noch den Ziegenvogel finden.«

Osman erhob sich triefend aus dem Springbrunnen. Er wirkte gleich etwas größer und voller, dachte Anton, der ihm dabei zuschaute, wie er über den Rand kletterte. Die Sache mit Mehmed Ali hatte Anton wirklich überrascht, doch Osman wollte nicht weiter darüber sprechen. Er hatte es jetzt eilig, zu den Tiergehegen zu kommen.

Und dort war es genau so, wie Osman erzählt hatte. Tiger und Löwen, Rehe, Hirsche und ein Vogel Strauß beäugten sie hinter ihren Gittern.

»Und hier«, rief Osman stolz, »hier ist er.«

Er zeigte auf den merkwürdigsten Vogel, den Anton je gesehen hatte, mit einem großen, zottigen Körper und einem hässlichen Kopf.

»Der Arme«, sagte Anton. »Aber es gibt ihn wirklich!«

In dem Moment kamen vier Wächter und öffneten den Käfig, um das Tier einzufangen.

»Er wird dem Gesandten vorgeführt«, sagte Osman. »Das heißt, dass sich das große Festessen dem Ende zuneigt. Wir müssen uns sputen, wenn wir noch ein paar erlesene Reste genießen wollen. Der Großwesir hat die besten Köche weit und breit.«

Doch kaum hatten Anton und Osman im Schneidersitz an der lang gestreckten Tafel Platz genommen, da kam auch schon ein Diener von Mehmed Ali auf sie zugeeilt.

»Der Herr wünscht sofort mit Euch zu sprechen«, sagte er.

»Bleib ruhig hier und iss weiter«, sagte Osman zu Anton und erhob sich.

Das ließ sich Anton nicht zweimal sagen. Diener trugen silberne Platten mit Lammspießen, gefüllten Wachteln und Rosinenreis auf. Anton nahm sich reichlich von allem. Er hatte einen Bärenhunger nach dem langen Ritt. Außerdem schmeckten diese Köstlichkeiten eindeutig besser als das Essen vom *Merhaba*, das sie daheim für den Dschinn besorgt hatten.

Nach einiger Zeit hörte man in der Ferne eine Explosion, vermutlich nahe der Festung, dann noch eine, gefolgt von einzelnen Schüssen. Auf der Wiese schrie ein Pfau und die Männer lachten im Gespräch. Am Ende der Tafel sah Anton den Gesandten. Würdig saß er im Schatten eines Baldachins und beugte sich zum Ziegenvogel, den ihm gerade zwei Männer vorführten.

Immer öfter hielt Anton nun Ausschau nach Osman. Als die Schatten länger wurden, entstand eine kleine Unruhe und der allgemeine Aufbruch begann. Anton ging auf die Suche nach dem Dschinn und Herrn Ali, doch keiner von beiden war in der Menge zu sehen. Ratlos schlenderte er schließlich zu der Wiese, wo das Pferd noch graste, und setzte sich daneben. Die Wagen des Gesandten rollten an ihm vorbei. Hunderte von Reitern ritten hinterher. In einem Wagen bewegten sich die Vorhänge und jemand schaute ihn an.

»Knödel!«, rief Anton. »Knödel!«

Er sprang auf und rannte dem Wagen hinterher. Doch der Vorhang wurde wieder zugezogen, der Wagen war vorbeigefahren und Anton konnte nicht mehr sagen, ob es wirklich seine Schwester gewesen war, die da herausgeschaut hatte. War sie auch im

Kaisergarten gewesen? Er musste sie das nachher unbedingt fragen.
Anton setzte sich wieder zum Pferd und wartete. Die Zelte wurden schon abgebaut. Langsam leerten sich die Wiesen und Osman war immer noch nirgends zu sehen. Da näherte sich jemand, der Anton bekannt vorkam. Es war Üzük, der Diener von Mehmed Ali. Er hielt etwas in der Hand. Es war eine Schriftrolle mit einer Botschaft in krakeligen Großbuchstaben. Anton las:
Reite allein zurück. Bis nachher bei Mehmed Ali. Osman.
Anton konnte kaum glauben, was da stand. Ohne Erklärung ließ Osman ihn einfach im Stich! Und das mitten im Kriegsgebiet, umgeben von Feinden, deren Sprache er nicht konnte! Anton war den Tränen nahe. Hilflos schaute er sich nach Üzük um. Aber auch der war schon wieder verschwunden.
In wachsender Aufregung überlegte Anton, was er tun sollte. Es gab wohl nur eine Möglichkeit. Er nahm das Pferd an den Zügeln und versuchte aufzusteigen. Doch das war schwieriger, als er gedacht hatte. Das Pferd blieb einfach nicht still stehen, wie sollte er da in den Sattel kommen? Der Zug der Reiter wurde immer dünner. Wenn er nicht allein zurückreiten wollte, musste er sich beeilen. Er schaute sich um. In der Nähe der Teiche war ein Steinmäuerchen. Anton führte das Pferd am Zügel dorthin, kletterte auf die Steinmauer und schaffte es nach dem dritten Versuch endlich, in den Sattel zu rutschen. Er setzte sich aufrecht hin, stieß das Pferd mit den Füßen in die Seite und zog an den Zügeln, so wie er es im Reitunterricht gelernt hatte. Doch das Pferd

rührte sich nicht. Anton stieß heftiger zu und schnalzte mit der Zunge, das Pferd hob den Kopf, witterte etwas in der Luft und trabte dann den anderen Pferden hinterher. Anton wurde wie ein Würfel im Becher durchgeschüttelt. Mit aller Kraft krallte er sich in der Mähne fest, um nicht herunterzufallen.

Das Pferd wurde erst langsamer, als es die anderen eingeholt hatte. Anton, der wie betäubt im Sattel hing, konnte sich nun etwas besser festhalten. Sie ritten einen schmalen Weg entlang. Um sich herum hörte er Brocken in der rauen, schnellen Sprache, die er nicht verstand. Er senkte den Kopf und vermied es, Blicke mit den anderen Reitern zu wechseln. Was, wenn sie merken würden, dass er ein Ungläubiger war? Würde es ihm dann gehen wie den Menschen in den ausgebrannten Dörfern, an denen sie vorbeigeritten waren?

Als die Sonne unterging, waren die ersten Zelte auf den Hügeln zu sehen. In der Ferne wehten die Fahnen auf der Zeltburg des Großwesirs. Antons Pferd witterte den Stall und wechselte vom Trab in den Galopp. Anton klammerte sich mit letzter Kraft fest, und als das Pferd vor dem Zelt Mehmed Alis schnaubend stehen blieb, purzelte er fast vom Sattel.

Humpelnd nickte er den Wächtern zu und betrat den Eingang. Innen war es schummrig. Im Schein der Öllampen saß ein kleiner, beleibter Herr zwischen Kissen und hielt behaglich eine Tasse Mokka in der Hand. Es war Osman.

»Ich freue mich, dich hier zu begrüßen«, sagte er und seine Augen blitzten Anton an.

Anton starrte fassungslos zurück. »Seit wann bist du hier?«
»Seit dem Nachmittagsgebet.« Der Dschinn rührte in seinem Kaffee.
»Und warum ohne mich?«
»Es ist an der Zeit, dass der Falke in deinem Herzen flügge wird«, sagte Osman.
»Toll!«, rief Anton. »Das ist also der Dschinn, der mich beschützen soll! Weißt du eigentlich, was mir hätte passieren können?«
»Aber es ist dir nichts passiert«, antwortete Osman und nahm einen Schluck von seinem Mokka. »Setz dich, du hast nach der Reise bestimmt Hunger.«
Er klatschte in die Hände und ein Diener erschien. Es war Üzük, der Anton nur einen kurzen Blick zuwarf. Anton ließ sich vorsichtig auf die Kissen nieder. Der Po tat ihm weh. Osman bestellte und der Diener verschwand.
»Wo ist Mehmed Ali?«, fragte Anton.
»Er ist ins Zelt unseres Großwesirs gerufen worden.« Osman deutete mit einem beringten Finger in die Richtung der Zeltburg. »Der Gesandte des Sultans wurde soeben mit einem großen Empfang willkommen geheißen. Jetzt wird er wohl gerade Kara Mustafa die großherrliche Botschaft vortragen.«
»Und dann?«
»Dann wird passieren, was passieren muss.«
»Ja, aber ich meine: danach? Bringst du Knödel und mich dann endlich wieder nach Hause?«
Der wassergrüne Blick ruhte wieder auf Anton. Osmans Au-

gen glitzerten. »Der Wunsch ist noch nicht erfüllt, Anton. Und ich werde deine Hilfe brauchen, um dem Schicksal eine bessere Wendung zu geben.«

Der Diener brachte das Essen. Anton hatte plötzlich keinen Hunger mehr.

»Wie soll denn meine Hilfe aussehen?«, fragte er misstrauisch.

Osman nahm einen weiteren Schluck aus seiner Mokkatasse. Dann sagte er: »Nicht Herr Ali, sondern du selbst wirst diesmal der Bote sein.«

»Was?!«, rief Anton, sprang auf, stöhnte vor Schmerz und ließ sich gleich wieder in die Kissen fallen. Jetzt reichte es. »Ich denke nicht im Leben daran! Was für eine superdumme Idee.«

»Überhaupt nicht«, sagte Osman. »Die Probe heute hast du würdig bestanden. Außerdem werde ich an deiner Seite sein. Nicht so, dass jeder mich sieht, sondern verborgen in der Flasche.«

»Du hast dir also alles schon ausgedacht«, sagte Anton. Er war jetzt wirklich fassungslos.

»Überleg es dir genau«, sagte der Dschinn. »Bevor der Wunsch nicht erfüllt ist, sind mir die Hände gebunden. Überleg dir, was passiert, wenn du nicht handelst. Es wird eine furchtbare Schlacht mit vielen Toten geben. Und du bist hier mittendrin.«

Anton schaute ihn an. Er dachte krampfhaft nach. Um keinen Preis wollte er für immer hierbleiben. Mama und Papa warteten bestimmt schon sehnsüchtig auf Fanni und ihn.

»Hilf mir, meinem Herrn das Leben zu retten!«, fuhr Osman in singendem Ton fort. »Sonst wird dein Wunsch nicht erfüllt.

Wenn du nicht losziehst, will Herr Ali wieder der Bote sein, und wir wissen, was dann mit ihm und seinen Sklaven passiert.«

»Woher sollen wir das wissen?«

»Weil ich schon einmal dabei gewesen bin. Und weil …«

»Halt, halt, halt!«, rief Anton dazwischen. Er war jetzt richtig sauer. »Und was wäre, wenn du diesmal vielleicht *nicht* verpennst? Du selbst hast es Ali doch eingebrockt!«

Der Dschinn seufzte tief. »Meine Schuld, kleiner Herr, ist mir mit glühenden Eisen eingebrannt. Du musst an dieser Wunde nicht rühren.« Er blickte zur Seite. »Aber dieses Mal könnte ich Herrn Ali nicht schützen, selbst wenn ich drei Wochen lang fasten würde.« Ein kleiner Schauer durchfuhr den Dschinn. »Dieses Mal darf Mehmed Ali auf keinen Fall der Bote sein. Er muss jeden Tag vor dem Großwesir erscheinen. Wenn er auch nur einen halben Tag wegbleibt, gerät er sofort in Verdacht.«

»Und wieso konnte er dann damals der Bote sein?«, fragte Anton wütend. »Du glaubst deine Geschichte doch selber nicht!«

»Damals war mein Herr in Bann getan und durfte das Zelt Kara Mustafas nicht mehr betreten. Es fiel nicht auf, dass er abends wegblieb. Glaub mir, kleiner Meister«, der Dschinn richtete sich auf und ein Glitzern huschte über seine Augen, »es gibt nur diese Möglichkeit. Wenn der Großwesir seine gerechte Strafe finden soll, muss die Botschaft den Sultan erreichen. Ein Dschinn kann sie nicht herausschmuggeln und mein Herr Ali darf es nicht.«

Die Stimme des Dschinn klang sanft und eindringlich, seine Worte glitten um Anton wie eine Wasserschlange.

»Kein anderer kann es schaffen als du!«
»Warum gerade ich?«, stöhnte Anton. »Du hättest sehen sollen, wie ich kaum aufs Pferd gekommen bin! Warum nicht du?«
Der Dschinn schüttelte den Kopf.
»Der Großwesir hat tausend Augen. Seine Spitzel sind überall. Ihm kann nur entgehen, wer unsichtbar ist.«
»Unsichtbar? Aber ich denke, *du* bist unsichtbar?«
»Nicht, wenn ich aus der Flasche geschlüpft bin. Ich gehe in Herrn Alis Zelt ein und aus. Jeder kennt meine stattliche Gestalt. Aber *du* bist für sie unsichtbar.«
»Aber ich ...«, begann Anton.
Der Dschinn hob seine fette Hand. »Niemand achtet auf ein Kind. Die tausend Augen spähen nach Männern, nicht nach einem Kind. Wer wird einen kleinen Jungen verfolgen, der durch unsere Zelte streift? Mein mutiger Herr, wenn du es nicht wagst, ist unsere Ehre dahin und wir sind alle verloren!«
Der Diener Üzük, der das Gespräch über stumm im Winkel des Zeltes gewartet hatte, brachte dem Dschinn ein Glas Wasser.
Anton lehnte sich erschöpft in die Kissen zurück und schloss die Augen. Ihm schwirrte der Kopf und seine Glieder schmerzten.
»Iss jetzt etwas«, säuselte der Dschinn sanft. »Iss und dann schlaf. Der Schlaf bringt Ordnung in den Geist.«
»Kann ich meine Schwester sehen?«, fragte Anton, der noch immer mit geschlossenen Augen in den Kissen lag. Als er keine Antwort bekam, öffnete er die Augen und sah sich um. Der Platz neben ihm war leer. Der Dschinn war lautlos verschwunden.

In geheimer Mission

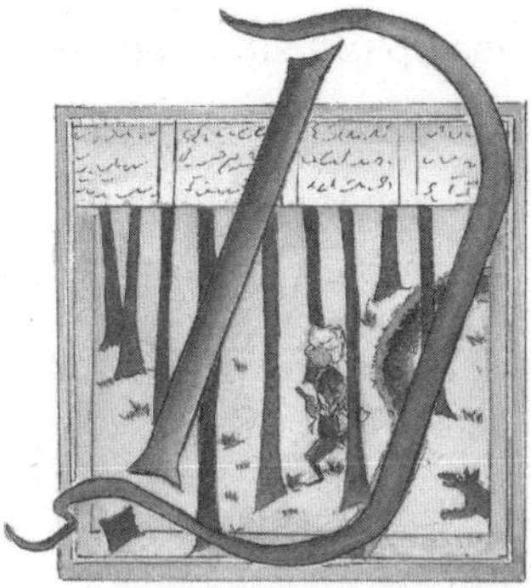

Der lange Ritt und die kurze Nacht im Lager des Gesandten hatten Anton so erschöpft, dass er erst um die Mittagszeit durch leise Stimmen geweckt wurde.

»Nachdem der Gesandte abgereist war, hat Kara Mustafa getobt und geschworen, dass er dem Wort des Sultans nicht folgen wird. Er sei schon zu weit gekommen und denke nicht an einen Rückzug.« Anton erkannte die Stimme von Mehmed Ali. Er blieb mit geschlossenen Augen liegen und lauschte.

»Und hat mein Herr geschwiegen, wie ich es ihm geraten habe?«, fragte der Dschinn.

»Ich habe mich deiner Bitte gebeugt, wenn auch ungern.«

»Vertrau mir, Meister«, flüsterte Osman. »Es war eine weise Wahl.«

»Dennoch, du wirst mich von meinem Entschluss nicht abbringen. Ich werde den Sultan warnen.«

»Ich …«, begann der Dschinn.

Der Vorhang wurde beiseitegeschoben und das Sonnenlicht strömte herein, als ein Wächter das Zelt betrat. Er verneigte sich und richtete ein paar Worte an Mehmed Ali.
Sofort sprang Ali auf und verschwand im hinteren Teil des Zeltes. Anton setzte sich auf und streckte sich. Er hatte furchtbaren Muskelkater.
»Wohl geruht?«, fragte Osman.
»Danke«, sagte Anton. »Du und Herr Ali, ihr sprecht deutsch miteinander?«
»Die Wände haben Ohren«, antwortete Osman. »Die Spitzel des Großwesirs sind überall. Hier, junger Herr, trink Er einen Karawanentee, eine seltene Delikatesse.« Er reichte Anton eine Tasse mit heißem süßem Tee.
Während Anton daran nippte, erschien Mehmed Ali in einem anderen Turban und eilte zum Ausgang. Der Dschinn erhob sich und folgte ihm. »Der Großwesir macht eine Begehung der Gräben«, rief er Anton noch zu, bevor der Vorhang hinter ihm zufiel.
Anton war froh, allein zu sein. Jetzt hatte er Zeit, in Ruhe nachzudenken. Was sollte er nur tun? Gedankenverloren ging er im Zelt auf und ab und trat dabei fast in die leere Teetasse, die er auf dem Teppich abgestellt hatte. Als er sich bückte, um sie aufzuheben, sah er durch einen Spalt den Schlafraum von Mehmed Ali. Neugierig hob er den Vorhang zur Seite. Auf einem geschnitzten Tischchen neben dem Bett stand die Flasche des Dschinn. Anton hatte sie seit seiner Ankunft nicht mehr gesehen. Auf einmal

schoss ihm eine Idee durch den Kopf. Natürlich, warum hatte er nicht schon längst daran gedacht! Er schlich hinüber zu Mehmed Alis Bett, nahm die Flasche in die Hand, schloss die Augen und sagte laut und deutlich: »Ich wünsche mich und Knödel zurück nach Hause zu Mama und Papa.«

Er wartete, doch nichts geschah. Kein Hornissenbrummen und kein blaues Licht. Noch einmal wiederholte er seinen Wunsch und wieder geschah nichts. Der Dschinn hatte offenbar die Wahrheit gesagt – bevor der letzte Wunsch nicht in Erfüllung ging, konnte er keine anderen Wünsche erfüllen.

Anton stellte die Flasche wieder hin. Was nun?

Es führt kein Weg daran vorbei, flüsterte eine kleine Stimme in seinem Kopf. »Mist!«, fluchte Anton und verließ das Zelt. Er würde mit Knödel reden, vielleicht hatte sie ja eine Idee.

Ohne Schwierigkeiten fand er zum Haremszelt. Doch die Wachen vor dem Eingang versperrten ihm mit ihren Lanzen den Weg.

»Ich will zu meiner Schwester. Sie ist hier …«, fing Anton auf Deutsch an und verkniff sich erschrocken den Rest.

Die Männer starrten ihn an, einer verlangte schroff etwas auf Türkisch von ihm. Anton verbeugte sich lächelnd, drehte sich um und ging zuerst langsam, dann immer schneller davon. Der Wächter rief ihm etwas nach, doch Anton tat, als hörte er ihn nicht. Er hätte sich ohrfeigen können. Wie konnte er nur so unvorsichtig sein!

In seiner Eile hatte er nicht auf den Weg geachtet und war in einem Teil des Feldlagers gelandet, den er nicht kannte. Er blieb stehen und suchte nach den Fahnen des Zeltpalastes, konnte sie aber nicht finden. In der Ferne blitzte es am Himmel auf und er hörte wieder Kanonendonner und Schüsse. Es klang, als wären die Kämpfe heftiger geworden.

Kurz darauf stieß er auf einen breiten Weg, auf dem ihm ein Gefolge von Kriegern entgegenkam. An der Spitze schritt ein hochgewachsener Mann mit dunkler Haut. Er trug einen feinen Schnurrbart, der in einen schwarzen, speckigen Vollbart überging, und hatte eine Hakennase. Sein Gewand glänzte in Goldtönen, an seinem weißen Turban steckten blaue Federn. Anton wusste sofort, wer der Mann war – der Großwesir. Er hatte ein herrisches Gesicht und erinnerte Anton an einen Raubvogel. Seine kalten Augen streiften jetzt Anton, der wie gelähmt mitten auf dem Weg stehen blieb. Einige Krieger hatten den Jungen entdeckt und musterten ihn. Anton drehte sich um und witschte, so schnell er konnte, durch eine Zeltgasse davon.

»Du warst beim Haremszelt«, sagte Mehmed Ali scharf. Unruhig ging er vor Anton auf und ab. »Und du hast deine Sprache gesprochen.«

Anton nickte. Mehmed Ali schüttelte den Kopf. »Das war dumm von dir. Man wundert sich und stellt Fragen. Man will wissen, wer du bist. Du bist hier nicht mehr sicher. Und dann bin ich es bald auch nicht mehr.«

Anton schaute Mehmed Ali fragend an.
»Es dauert nicht lange und man hält dich für einen Wiener Spion. Und wer einen Spion beherbergt …«
Ali sprach den Satz nicht zu Ende. Anton fiel nicht zum ersten Mal auf, wie er an seiner Unterlippe nagte. Osman saß zurückgelehnt in seinen Kissen und nickte nachdenklich; sein Doppelkinn wippte dabei leicht mit.
»Herr und Gebieter Mehmed Ali«, begann er schließlich. »Die Lage ist misslich. Aber es gibt einen Weg, zwei Vögel mit einem Stein zu töten.«
»Ach ja?«, fragte Mehmed in bitterem Ton.
»So hört doch«, fuhr der Dschinn fort. »Wir wissen, der Großwesir stürzt alle ins Unglück. Wir brauchen einen Boten, um den Sultan zu warnen. Und dann ist hier dieser kleine Giaur. Es scheint, er bringt Euch in Gefahr. Dann lasst ihn doch Euer Bote sein! So ist er eine Weile verschwunden, und bis er zurückkehrt, sind die Nachfragen vergessen. Und keiner verdächtigt Euch, eine schützende Hand über Spione zu halten.«
»Was?«, rief Mehmed Ali empört. »Ich soll ein Kind losschicken?«
»So ist es«, sagte der Dschinn und strahlte. »Gerade weil Anton ein Kind ist, fällt er nicht auf. Zumindest fiel er bis gerade eben nicht auf. Jetzt allerdings sollten wir keine Zeit mehr verlieren.«
Mehmed Ali ging kopfschüttelnd auf und ab. Er wechselte ein paar Worte auf Türkisch mit dem Dschinn. Schließlich kehrte er zu Anton zurück und legte ihm eine Hand auf die Schulter.

»Weißt du denn eigentlich, was auf dem Spiel steht?«
Anton nickte. »Ja, es geht um eine Nachricht an den Sultan, weil der Großwesir ihm nicht gehorcht. Osman hat mir alles erzählt. Auch, wie Sie Ihr Leben verloren haben.«
Überrascht blickte Mehmed den Dschinn an. »Mein Leben verloren?«
»Er meint, dass mein Herr Ali sein Leben gefährden würde, wenn er einen anderen als den Jungen mit der Botschaft losschickt«, antwortete Osman schnell, während er Anton einen scharfen Blick zuwarf. »Der Junge gibt mir die Beine und das unauffällige Aussehen. Und ich werde in der Flasche versteckt über ihn wachen, damit ihm nichts zustößt.«
Mehmed Alis Augen waren auf Anton gerichtet. »Und du wärst zu einer solch mutigen Tat für unsere Völker bereit?«
Anton nickte. Mehmed Ali wusste ja nicht, dass er keine andere Wahl hatte. »Am liebsten würde ich selber losreiten, aber der Dschinn rät mir dringend davon ab. Wenn er den Boten schützen will, kann nur sein anderer Herr der Bote sein. Du rettest mit deinem Dienst vielleicht das Leben von Tausenden unschuldigen Seelen. Es ist schon genug Blut geflossen, und wenn die Botschaft endlich in den Händen des Sultans liegt, hast du unermesslich viel Gutes getan.«
Zum ersten Mal lächelte er Anton an. »Danke, mein kühner Junge.«
Dann wandte er sich an den Dschinn. »So soll es denn sein. Ich werde noch heute Nacht den Brief an den Sultan verfassen.«

Anton war irgendwann eingeschlafen und es war tief in der Nacht, als ihn Osman sanft an der Schulter schüttelte.
»Bist du bereit für unser kleines Abenteuer?«
Anton nickte.
Üzük hatte Kaffee gebracht, Mehmed Ali kniete vor dem Schreibpult und las noch einmal durch, was er geschrieben hatte. Als er fertig war, rollte er den Brief zusammen und steckte ihn in eine mit Schriftzeichen verzierte Röhre, die er mit Kerzenwachs versiegelte.
Dann trat er auf Anton zu, der ihn schläfrig anblinzelte, und überreichte ihm das Röhrchen.
»Verbirg es gut an deinem Körper«, sagte er. »Der sicherste Weg von hier ist über den Kaisergarten. Du kennst ihn ja. Versuch dich auf den schmalen Wegen hinter den Zelten zu halten und mach einen Bogen um die Wachen. Osman hat Anweisungen von mir bekommen. Er wird dich führen, wenn du nicht weiterweißt. Vom Kaisergarten aus bringt er dich zum Lager unseres Freundes. Er heißt Hussein Bey.«
Anton nickte.
Mehmed zog etwas über den Kopf und legte es Anton um den Hals. Es war eine zierliche Kette, geschmückt mit einer aus Silber geschmiedeten Hand.
»Die Hand von Fatima. Möge sie dich beschützen«, sagte er und nickte Anton mit ernstem Blick zu.
Osman verneigte sich vor Mehmed Ali, faltete die Arme über der Brust und löste sich schwebend vor ihnen auf, bis er zu einer

dünnen Rauchwolke geworden war, die im Innern der Flasche verschwand.
Anton hatte die Rolle tief in den Ausschnitt seines Kleides geschoben, sodass sie von seinem Hüfttuch gehalten wurde. Der Diener Üzük hatte ihm eine Umhängetasche mit Fladenbrot und eine schöne lederne Wasserflasche gebracht. Mehmed Ali begleitete ihn zum Ausgang. »Geh mit Gott«, sagte er und drückte Anton fest die Hand.
Die Wachen vor dem Zelt waren verschwunden. Es war niemand zu sehen.
Die Nacht war warm; es hatte angefangen, leicht zu nieseln.
»Wo ist unser Pferd?«, fragte Anton und hielt die Flasche an sein Ohr.
»Kein Pferd«, piepste die Stimme aus der Flasche. »Du bist unauffälliger auf zwei Füßen als auf vieren – denk an deinen letzten Ausritt!«
»Ist mir auch lieber«, sagte Anton. Er war erleichtert, dass ihm die Schüttelei auf einem Sattel erspart blieb.
Vorsichtig sah er sich um.
»Nach rechts«, piepste die Stimme.
Die Wege waren matschig. Anton ging, wie Mehmed Ali es befohlen hatte, hinter den Zelten entlang. An ihrer Vorderseite, wo noch die letzten Holzscheite glühten, hockten die Wachen. Mit klopfendem Herzen machte Anton einen Bogen um sie. Eigentlich hätte er todmüde sein müssen, aber die Aufregung hielt ihn wach. Als die Sterne am Himmel verblassten und der Morgen

langsam graute, erklang der klagende Ruf des Muezzin zum Gebet. In den Zelten bewegte sich etwas. Die Krieger wurden wach.

»Wirf dich wie die Männer in den Staub und bete mit ihnen«, piepste es aus der Flasche.

Anton ließ sich wie die Krieger, die halb angezogen aus ihren Zelten kamen, auf den Boden fallen und folgte dem Auf und Nieder.

»Allahu akbar«, hallte es wie ein tiefes, wogendes Echo aus allen Richtungen, »Gott ist groß.«

Als das Gebet vorbei war, setzte Anton seinen Weg fort. Je weiter er kam, desto rauer und wilder sahen die Krieger aus. Wenn ein neugieriger Blick ihn traf, senkte Anton die Augen zu Boden. Die Sonne hatte sein Gesicht und seine Arme genügend gebräunt und seine Kleider waren inzwischen so staubig, dass er nicht weiter auffiel. Mit neuem Mut riss Anton etwas von seinem Fladenbrot ab, kaute genüsslich daran und lief weiter. Die Sonne brach zwischen den Wolken durch. Bald würden sie am Kaisergarten sein. Weder er noch der Dschinn hatten bemerkt, dass ihnen in vorsichtigem Abstand ein kleiner, schwarz gekleideter Mann gefolgt war.

Knödels Geschichte

»Buchstabe Alif – so.« Jasmina nahm Knödels Hand und führte sie in einem feinen Bogen über das Papier. Zum Abschluss machte sie noch zwei schwungvolle Pünktchen unter den Bogen, sodass ihre runden Oberarme dabei zitterten. »So und so.«
Knödel schrieb das Zeichen nach und schaute Jasmina an.
»Genau.« Jasmina nickte und strahlte.
Die anderen Frauen, die sie umringten, kicherten. Die Lieblingsfrau des Großwesirs brachte einem Giaur-Mädchen Türkisch bei! Auch die Übersetzerin lächelte. Sie war eine Sklavin, die drei Sprachen beherrschte, von Jasmina aber immer seltener gebraucht wurde. Mit Fanni als neuer Lehrerin lernte sie sogar noch schneller und verbesserte sich von Tag zu Tag.
Und auch Fa-ni, wie sie Knödel nannte, war eine gute Schülerin. Schon nach zwei Tagen konnte sie selbst ein paar Sätze auf Türkisch sagen.
Jedes Mal, wenn sie ein neues Wort richtig aussprach, klatsch-

te Jasmina in ihre runden Händchen. Und wenn sie genug vom Sprachunterricht hatten, wechselten sie das Fach. Knödel brachte Jasmina die Tanzschritte bei, die sie bei Schmittke gelernt hatte: »Wal-zer« und »Cha-cha-cha«. Sie hatte ihren Musikantinnen die Melodie vorgesungen und die hatten sie auf ihren Instrumenten nachgespielt.

»Komm, tansen«, rief Jasmina jetzt und zog sie vom Schreibpult weg. Wenn Jasmina etwas wollte, dann musste es sofort sein. Obwohl sie kaum älter war als Knödel, herrschte sie über das Frauenhaus wie der Großwesir über seine Krieger.

Jemand räusperte sich. Die Frauen drehten sich um.

»Unser Freund in den blauen Höschen«, flüsterte Knödel.

Jasmina kicherte und winkte ihn davon. Doch der Haremswächter ließ sich nicht verscheuchen. Er blickte sie starr an, verbeugte sich und bat um ein Wort. Mit leiser Stimme begann er, auf seine Herrin einzureden. Jasmina hörte schweigend zu und nickte nur zwischendurch. Sie wurde ernster und ihr Blick wanderte immer wieder zu Knödel. Als der Wächter geendet hatte, ging sie zu Knödel hinüber und nahm sie beiseite. Sie sprach langsam und die Sklavin half ihr bei der Übersetzung. Trotzdem musste sie ihre Geschichte wiederholen, bevor Knödel verstand, was geschehen war.

»Der Haremswächter hat ein Gespräch belauscht. Ein Spion aus dem Hause Mehmed Alis ist deinem Bruder gefolgt. Dein Bruder trägt eine geheime Botschaft für den Sultan. Nun ist der Spion zurück. Er sucht ein Gespräch mit dem Großwesir, weil er weiß,

dass dein Bruder zum Kaisergarten läuft. Dein Bruder wird sterben, wenn der Großwesir von der Verschwörung erfährt. Er wird Reiter schicken, die Anton fangen.«
»Wieso um alles in der Welt bringt Anton dem Sultan eine Nachricht?!« Knödel war außer sich. »Ist er jetzt völlig verrückt geworden?« Es war erstaunlich, in welch kurzer Zeit ihr Bruder schon wieder im Schlamassel steckte. »Was soll ich nur tun, Jasmina?«
Jasmina schüttelte ratlos den Kopf. Wie konnte sie dieser Sklavin helfen? Wenn Fa-ni ihren Bruder verlor, wäre ihre neue Freundin untröstlich. Dann wäre es mit den lustigen Spielen vorbei.
Auch Knödel überlegte. Schließlich sagte sie: »Wir könnten höchstens versuchen, Zeit zu schinden.«
Die Übersetzerin und Jasmina schauten sie verständnislos an.
»Die Frage ist«, wiederholte Knödel, »wie können wir Zeit gewinnen? Wenn der Spitzel erst einmal ausgepackt hat, steckt Anton in der Patsche.« Knödel schluchzte bei dem Gedanken kurz auf. Dann sprach sie weiter. »Was könnten wir machen, um den Großwesir abzulenken?«, fragte sie. »Gibt es irgendetwas, was ihn davon abhalten könnte, diesen Typen zu empfangen? Eine Sache, die er spannender findet?«
»Aber ja«, sagte Jasmina mit einer eleganten kleinen Geste, als wollte sie eine Fliege verscheuchen. »Mich.«
Sie klatschte dreimal in die Hände und im Nu erschien der Haremswächter hinter dem Vorhang. Jasmina zischelte ihm ein paar Befehle zu und er zog sich unter Verneigungen wieder zurück.
»Was hast du ihm gesagt?«, fragte Knödel.

»Ich habe ihm eine Nachricht für den Großwesir zugeflüstert, die den Herrscher erfreuen wird«, erwiderte Jasmina. »Es dauert nur noch eine Stunde bis zum Abendgebet. So lange müssen wir ihn glücklich machen.«
»*Wir?!*«, rief Knödel ungläubig.
»Ja, wir«, sagte Jasmina. »Und danach wird er vorerst niemanden mehr empfangen, sodass dein mutiger Bruder Zeit hat, sich in Sicherheit zu bringen. Und jetzt machen wir uns schön für Kara Mustafa.«
Wenig später eilte auch schon eine Sklavin herein, die schwere, bestickte Umhänge mit Kutten und Schleiern brachte.
»Überfallen wir 'ne Bank?«, fragte Knödel.
»Das sind Tschadors. Ohne die dürfen wir nicht hinaus«, sagte Jasmina, die ihren Umhang schon übergestreift hatte. »Komm, beeil dich, wenn dir das Leben deines Bruders etwas wert ist. Unser Freund«, sie deutete mit dem Kopf auf den Haremswächter, »hat mir gesagt, wer ganz vorn in der Warteschlange beim Großwesir steht. Es ist der Spitzel.«
Schnell schlüpfte Knödel in den Umhang. Ein halbes Dutzend Frauen mit Musikinstrumenten folgte ihnen. Der Haremswächter in den blauen Hosen ging voraus und drei Wachen begleiteten sie. Durch den schmalen Schlitz, der im Kopfbereich für ihre Augen ausgespart war, sah Knödel, wie sich alle Männer höflich wegdrehten, als sie vorbeikamen. Jasmina schritt stolz an der Spitze des Frauenzuges.
Sie gingen auf den Zeltpalast zu, den Knödel damals nur im

Dunkeln erahnt hatte. Wie lange war das her? Es kam ihr vor, als wäre eine Ewigkeit vergangen, seit sie mit Anton hier gelandet war. Jetzt sah sie zum ersten Mal die Wände des Palastes, die mit Sternen bestickt waren.

Die Wächter am Eingang machten einen Schritt zurück und ließen sie passieren. Die Frauen betraten einen Innenhof und gingen über einen langen dunkelroten Teppich. Auf beiden Seiten des Teppichs hockten die Bittsteller, die darauf warteten, zum Großwesir vorgelassen zu werden. Während ein Wächter in den Audienzraum ging, um Jasminas Ankunft anzukündigen, betrachtete Knödel neugierig die Männer, die direkt am Eingang standen. Einer von ihnen musste der Spitzel sein. Vielleicht der mit dem pockennarbigen Gesicht, der leicht schielte? Oder der Kleine mit den stechenden Augen?

Der Wächter kehrte zurück, verneigte sich und ließ sie eintreten. Lautlos zog er hinter ihnen die Vorhänge zu.

Dieses Zelt war prächtiger als alles, was Knödel bisher gesehen hatte. Es lag in mildem honigfarbenem Licht, weil die helle Sonne durch den dicken rotgoldenen Stoff gedämpft wurde. Fast wie von 40-Watt-Lämpchen beleuchtet, dachte Knödel, die sich an ihren zweiten Wunsch erinnerte, als der Dschinn nur tote Steckdosen gezaubert hatte. Alles hatte er ihnen vermasselt! Als sie ein leises Krächzen hörte, blickte Knödel nach oben und sah erst jetzt die goldenen Käfige in den Winkeln des Zelts. Große bunte Papageien saßen darin, die ihr Gefieder spreizten. Auf den Wänden des Zeltpalastes erkannte sie Jagdszenen mit Hirschen. Der

Boden war von Teppichen mit Blumenmustern bedeckt. Glimmende Räucherstäbchen verbreiteten einen Duft nach Orange und Zimt, der Knödel an Weihnachten denken ließ. Bis dahin würden sie hoffentlich schon lange wieder zu Hause sein! Knödel spürte, wie sich ihr Magen zusammenzog.
An einem Schreibpult saß ein dunkler Mann mit Habichtsnase und einem mächtigen Bart, der aus einem fadendünnen, nach unten gezogenen Schnurrbart entsprossen schien. An einem kleineren Pult neben ihm kniete ein Diener mit einer Papierrolle. Männer, die mit Orden geschmückt waren, umringten den Herrscher und blickten streng in die Runde. Zwei Sklaven fächerten dem Großwesir Luft zu. Jasmina und die anderen Frauen hatten sich vor ihm auf den Boden geworfen.
Jasmina stieß Knödel an und zischte: »Los, du auch!«
Der Habichtmann schaute hoch und betrachtete Knödel leicht überrascht. Diese Frau mit den hellen Augen kannte er nicht. Sein kalter Blick ruhte auf ihr. Schnell legte sie sich auf den Boden neben die anderen.
Der vornehme Mann winkte, woraufhin sich die Frauen erhoben. Eine der Sklavinnen nahm ihnen die schwarzen Umhänge ab und der Großwesir richtete ein paar knappe Worte an seine Lieblingsfrau. Obwohl sie sonst so stolz wirkte, stockte Jasmina bei ihrer Antwort. Knödel spürte, dass Jasmina vor diesem Mann Angst hatte. Und er hatte wirklich etwas Grausames an sich mit seinem Raubvogelgesicht, dachte sie mit einem leichten Schaudern. Aber jetzt ging es um ihren Bruder.

»Sag ihm doch, dass wir ihn mit einem Tanz beglücken wollen«, flüsterte sie leise.

»Er ist, glaube ich, nicht in der Laune dafür«, murmelte Jasmina.

»Ja, aber dann sag ihm, es ist etwas ganz Neues ...« Knödel überlegte angestrengt. »Ein ... ähm ... Walzer!«

Jasmina zögerte. Der Großwesir hatte sich wieder über die Pläne auf seinem Schreibpult gebeugt. Ohne Jasmina anzusehen, richtete er eine Frage an sie. Jasmina riss sich zusammen und antwortete etwas, das Knödel nicht verstand. Offensichtlich hatte sie jedoch seine Neugier geweckt. Der Großwesir machte eine auffordernde Geste mit der beringten Hand und sah Knödel abwartend an.

Die Musikantinnen setzten sich mit Lauten, Geigen und Blasinstrumenten in einem Halbkreis zusammen. Auch sie schauten Knödel erwartungsvoll an. Knödel versuchte, sich an die Walzermelodie von »An der schönen blauen Donau« zu erinnern. In der Aufregung war sie ihr entfallen. Der Mann mit dem Habichtsgesicht trommelte ungeduldig mit den Fingern auf das Schreibpult. Die Würdenträger rutschten auf ihren Sitzen hin und her und tuschelten.

Knödel schloss die Augen und dachte angestrengt nach. Sie durfte sich jetzt auf keinen Fall nervös machen lassen. Da kam ihr die Melodie plötzlich wieder und sie fing an zu pfeifen. Erfreut summten die Musikantinnen mit, erst leise, dann immer lauter. Der Großwesir zog die Brauen zusammen und starrte Jasmina

fragend an. Die Frauen nahmen ihre Instrumente, tauschten flüsternd letzte Anweisungen und begannen zu spielen. Nach den ersten brüchigen Akkorden fanden sie sich in den wiegenden Takt, und die alte Melodie erfüllte das Zelt.
Knödel verbeugte sich vor Jasmina und forderte sie auf. Ein Glück, dass sie damals bei Schmittke nicht zu oft geschwänzt hatte! Jasmina nahm ihren Arm und zögernd drehten sie sich durchs Zelt. Die Musikantinnen wurden schwungvoller und Knödel und Jasmina kreisten immer mutiger über die Teppiche. Die Ordensträger schauten angenehm überrascht. Der Sekretär wippte sogar mit dem Fuß den Takt. Nur der Großwesir verzog keine Miene.
Plötzlich entstand eine kleine Verwirrung. Ein weißer Pudel war zu den tanzenden Frauen vorgerannt. Irgendjemand hatte ihm eine rote Schleife um den Bauch gebunden. Er musste unbemerkt an den Wachen vorbei durch den Eingang geschlüpft sein. Und dann hatte wohl die Musik sein Hundeherz ergriffen und er hatte sich aus der Deckung gewagt und war vorgeschossen. Dabei geriet er Knödel zwischen die Beine, die ins Stolpern kam und ihre Tanzpartnerin fast zu Boden riss.
Die Würdenträger brachen in meckerndes Lachen aus. Der Pudel wurde hinausgejagt und der Tanz ging weiter.
Jasmina japste nach Luft. Die Röcke wirbelten um sie herum, die Teppiche flogen unter ihren Füßen dahin, und irgendwann war ihnen so schwindelig, dass sie einander prustend in die Arme fielen. Die Musikantinnen hörten auf zu spielen.

Der Großwesir schwieg. Sein Gesicht war ausdruckslos. Jasmina senkte den Blick. Als die Stille sich schon schmerzlich in die Länge gezogen hatte, richtete er plötzlich ein paar Worte an sie. Jasmina antwortete lächelnd. Erleichtert sagte sie zu Knödel: »Es hat ihm gefallen. Er hat gesagt: ›Noch mal!‹«
»Ich brauch eine Pause.«
Jasmina schüttelte den Kopf. »Das geht nicht. Los, komm!«
Ein zweites Mal tanzten sie den Walzer, diesmal kam ihnen kein Pudel in die Quere und diesmal wippten auch die Ordenträger mit den Füßen. Einige klatschten sogar mit, nachdem sie einen vorsichtigen Blick auf ihren Herrn geworfen hatten. Der Großwesir nickte und murmelte ein paar Worte in Richtung seiner Lieblingsfrau.
»Der Großwesir ist mit seiner bleichen Sklavin zufrieden. Er möchte wissen, wo dieser Tanz herkommt.«
»Das ist ein Wiener Walzer«, sagte Knödel, noch ziemlich außer Atem.
»Das verraten wir ihm lieber nicht«, flüsterte Jasmina und antwortete ihrem Herrn etwas auf Türkisch.
Wohlwollend nickte der Wesir Knödel zu.
»Was hast du ihm gesagt?«, zischte sie.
»Dass du ihn erfunden hast.«
»Danke«, sagte Knödel trocken. »Aber das war ein Herr Strauß.«
Jasmina richtete wieder das Wort an den Großwesir. Verblüfft schaute er daraufhin Knödel an und lächelte. Wieder sprach er ein paar Worte zu Jasmina.

»Der Großwesir ist sehr überrascht. Er hätte diese Quelle der Tanzmusik nie erkannt. Der Vogel ist im Gegensatz zu uns sehr tollpatschig«, übersetzte Jasmina.
Knödel lächelte höflich zurück und sagte nochmals »Danke«.
Wieder richtete der Wesir das Wort an Knödel.
»Er hat gesagt, du bist eine schöne Blume, die man am Wegesrand pflücken möchte«, übersetzte Jasmina widerwillig.
»Sag ihm, der Schein trügt. Ich bin eine Distel«, sagte Knödel rasch und lächelte knapp zurück.
Zum Glück erklang in diesem Moment der Ruf des Muezzin. Die Männer erhoben sich. Diener brachten bereits den Gebetsteppich des Großwesirs herein.
Kara Mustafa Pascha befahl den Mädchen, die sich vor ihm verneigten, das Zelt zu verlassen. Während sie zum Ausgang gingen, sah Knödel, wie der Mann mit den stechenden Augen wild auf den Türsteher einredete. Doch der beförderte ihn mit einem Fußtritt nach draußen.
»So«, flüsterte Jasmina zufrieden und nahm Knödels Hand. »Damit haben wir deinem Bruder einige Stunden Vorsprung verschafft. Das müsste genügen.«

Der Spion im Kaisergarten

Gegen Mittag hatte Anton endlich den Kaisergarten erreicht. Er hatte sich im Lager ein paarmal verlaufen, denn Osman hatte aus der Flasche heraus nicht den besten Überblick gehabt und öfter falsche Anweisungen gepiepst. Später musste sich Anton durch Büsche und Unterholz schlagen, um unbemerkt zu bleiben. Oder er fand Deckung in den Weinbergen, die parallel zum Weg verliefen, und rannte gebückt durch hohe Weizenfelder. Doch auch hier musste er die Augen offen halten. Immer wieder tauchten unvermittelt Soldaten vor ihm auf. Anton wusste meistens nicht, welcher Seite sie angehörten, und warf sich deshalb jedes Mal zu Boden, bis sie vorübergezogen waren. Ab und zu hörte er auch Schüsse und Explosionen von den Burganlagen.

Als er die Mauern des Kaisergartens erreicht hatte, piepste der Dschinn: »Such einen starken Baum, der an der Mauer wächst, und kletter in den Garten! Dort sind wir sicherer als hier draußen. Wir warten bis zum Abendgebet, bevor wir weiterziehen.«

Anton sah sich um und fand schließlich einen Walnussbaum, dessen Äste in den Garten hinüberragten. Er kletterte hinauf und hangelte sich am stärksten Ast entlang. Zwischen den Blättern hindurch sah er einen Weg und Gebüsch. Er lauschte, doch der Garten war still. Behutsam ließ er sich hinabfallen und landete auf knackendem Geäst. Erschrocken sah er sich um.

Hatte ihn jemand gehört? Aber es war niemand zu sehen. Vor ihm wuchsen hohe Hecken, zwischen ihnen lag ein Weg aus Kies.

»Geh durch die Hecke«, piepste der Dschinn.

Anton folgte dem verschlungenen Pfad zwischen den Hecken, der mal nach links und dann wieder nach rechts führte.

»Das ist ein Irrgarten«, flüsterte er Osman zu.

»So ist es«, piepste es zufrieden aus der Flasche. »Hier wird uns niemand finden.«

An einer Bank machte Anton schließlich Rast. Er stellte die Flasche ab und zog den Korken heraus. Der Dschinn erschien aus seiner Rauchwolke. Anton holte das Fladenbrot und die lederne Wasserflasche aus seiner Tasche. In der Ferne knallte es wieder.

»Was ist das?«, fragte Anton kauend.

»Minen«, antwortete der Dschinn. »Unsere Krieger graben unterirdische Tunnel zur Festung und versuchen, sie zu sprengen. Doch Allah hat ihnen bislang nur magere Erfolge gegönnt.«

»Verstehe.« Anton gähnte. Er war auf einmal sehr müde.

»Schlaf ruhig. Ich halte Wache«, schnurrte der Dschinn in sein Ohr.

Das ließ sich Anton nicht zweimal sagen. Er streckte sich auf der Wiese neben der Bank aus und schlief sofort ein.
Der Dschinn weckte ihn, als die Sonne unterging. Die Schatten lagen tief zwischen den Hecken.
»Wie kommen wir hier nur wieder raus?«
»Folge mir«, sagte Osman und führte Anton mit sicheren Schritten, als wäre er in diesem Labyrinth groß geworden. »Als du schliefst, habe ich mich erhoben und über die Hecken gespäht«, sagte er, als hätte er Antons Frage erraten.
Nach wenigen Minuten hatten sie den Ausgang des Irrgartens erreicht und standen wieder auf dem Weg nahe der Mauer.
»Und wie kommen wir da rüber?«
»Hat mein kleiner Herr nicht ab und zu auch selbst eine Idee?«, fragte Osman spöttisch. »Komm. Ich zeige es dir.«
Mit beiden Händen machte er für Anton eine Räuberleiter. Anton schob seinen Fuß hinein und der Dschinn hob ihn hoch, bis Anton den Rand der Mauer hinaufklettern konnte. Osman selbst schwebte an ihm vorbei auf die andere Seite.
»Spring runter, ich fang dich auf«, rief er von unten. Als Anton sprang, bemerkte er nicht, dass seine Tasche noch geöffnet war und seine lederne Wasserflasche herausrutschte. Geräuschlos fiel sie neben der Mauer ins Gras.
Im Schatten der Bäume gingen sie weiter. Anton war froh, dass sich Osman jetzt nicht mehr in seiner Flasche verstecken musste; in seiner Begleitung machte das Wandern mehr Spaß. Osman führte ihn erst durch einen Wald und dann über offene

Felder. Der Mond stand hoch am Himmel und leuchtete ihnen den Weg.
Als nach vielen Stunden Fußmarsch der Mond unterging, setzte Anton sich müde auf einen umgefallenen Baumstamm.
»Lass uns endlich eine Pause machen«, bettelte er. Doch Osman schüttelte den Kopf.
»Wir müssen weiter. Noch ist nicht Zeit für eine Rast.«
Seufzend erhob sich Anton und im letzten spärlichen Mondlicht gingen sie weiter.

»Da, was habe ich Euch gesagt! Hier ist der Beweis!« Der kleine Mann mit den stechenden Augen hob die lederne Wasserflasche hoch und hielt sie den Reitern hin. »Ich selbst habe sie ihm gestern Nacht im Hause meines Herrn gefüllt und gebracht«, fuhr er fort und schüttelte die fast leere Flasche heftig, um seinen Worten noch mehr Gewicht zu geben.
»Er ist hier lang auf den Wald zugelaufen«, sagte ein Reiter und zeigte auf das niedergetrampelte Gras. »Steig auf, Üzük.«
Er zog Üzük hinauf auf sein Pferd und sie folgten den Spuren, die Osman und Anton hinterlassen hatten.

Inzwischen hatten Anton und der Dschinn einen weiteren Weinberg überquert; unter ihnen lag ein grünes Tal. Als sie etwas hinabgestiegen waren, erkannten sie in der frühen Morgensonne

die Ruinen eines zerstörten Dorfes. Osman blickte sich um. Weit und breit war kein Mensch zu sehen.
»Hier machen wir Rast«, sagte er.
Anton war die letzte Stunde schweigend und immer langsamer hinter ihm hergetrottet. Jetzt ließ er sich erleichtert auf einen Stein sinken und griff in seine Tasche. Er holte das letzte Stückchen Brot heraus und tastete nach der Wasserflasche. Aber es war nur die leere Flasche des Dschinn darin.
»Meine Trinkflasche ist weg!«, rief Anton, drehte sicherheitshalber die Tasche um und schüttelte sie. »Ich muss sie unterwegs verloren haben.«
Osman zuckte mit seinen großen silbrigen Schultern. »Dann reisen wir leider mit ungestilltem Durst weiter.«
»Nein. Mir klebt die Zunge im Mund«, sagte Anton. »Ich kann keinen Schritt mehr gehen, bis ich nicht etwas getrunken habe.«
Die grünen Augen des Dschinn glitzerten ihn ungeduldig an. »Wo willst du hier einen Bach finden? Es ist Stunden her, seit wir einen überquert haben.«
»Keinen Bach«, sagte Anton. »Dort, das Dorf! Da muss es einen Brunnen oder so etwas geben.«
Osman wiegte zweifelnd seinen Kopf. »Man weiß nicht, ob man Freund oder Feind begegnet«, sagte er.
Anton schaute auf die Ruinen. »In dem Dorf wohnt keiner mehr. Es ist völlig verlassen. Bitte, Osman. Ich muss etwas trinken.«
Osman zuckte wieder mit den Schultern und seufzte. »Wenn es dein Herzenswunsch ist. Dann verstecke ich mich in meiner Fla-

sche, denn meine Herkunft lässt sich nicht verleugnen. Du aber bist ein Kind und ein Kind ist unauffällig.«
»Aber –« Anton zögerte. Er hätte Osman lieber an seiner Seite gehabt. Doch der Dschinn hatte sich bereits in eine Rauchwolke verwandelt und war in der Flasche verschwunden.
Anton steckte sie ein und stieg hinab zum Dorf. Behutsam schlich er sich an den verkohlten Überresten einer Scheune und an ausgebrannten Häusern vorbei. Nichts rührte sich. Vorsichtig nach allen Richtungen spähend, betrat er den Dorfplatz. Dort endlich war der Brunnen, auf den er gehofft hatte.

Oben auf dem Weinberg standen die Reiter. Einer beobachtete Anton durch ein Fernrohr.
»Und was macht er jetzt?«, fragte Üzük.
»Er scheint etwas in den Ruinen zu suchen.«
»Der verabredete Treffpunkt!«, rief Üzük.
»Da bewegt sich etwas auf der anderen Seite«, sagte der Reiter mit dem Fernrohr.
»Üzük hatte recht. Lasst sie unsere Schwerter spüren!«, rief ein anderer Reiter und wollte seinem Pferd die Sporen geben.
»Wartet!«, sagte der Erste. »Das ist kein verabredetes Treffen.«

Das war es wahrhaftig nicht. Die sechs Männer sprangen von hinten auf Anton zu, als er gerade den Wassereimer hochzog.

»Da schau her, ein türkischer Heidenjunge«, sagte einer der Männer und zielte mit dem Gewehr auf Anton.
»Bin ich nicht!« Anton erhob die Hände. Gleichzeitig war er erleichtert, denn die Fremden sprachen seine Sprache. »Ich bin einer von euch. Bitte lasst mich einen Schluck Wasser trinken.«
Mit steinerner Miene starrten ihn die Männer an. Sie trugen blau-weiße Uniformen. Während zwei von ihnen auf Anton zielten, brachte ihm ein langer, dünner Mann den Wassereimer und hielt ihn Anton an den Mund. Doch er ließ ihn nicht trinken.
»Warum bist du hier?«
»Weil ich Durst habe«, stotterte Anton. Er leckte sich die trockenen Lippen.
»Und warum in der Kleidung eines Türken, wenn du hier nur Wasser holen willst?«, fragte der Mann höhnisch.
»Weil ...« Anton fiel keine Antwort ein. Wie sollte er das überhaupt erklären? Und Osman war in seiner Flasche und konnte ihm nicht helfen. Tränen rannen ihm nun übers Gesicht.
»Lass ihn gehen, er ist nur ein Kind«, sagte einer der Männer, der neben ihm stand.
Da langte der dünne Mann plötzlich nach Antons Kopf und tauchte ihn in den Wassereimer. »Geh dahin zurück, wo du herkommst, und sag ihnen, dass wir sie verjagen werden und dass wir uns für alles rächen, was sie uns angetan haben!«, schrie er.
Durch den plötzlichen Ruck nach vorn verlor Anton das Gleichgewicht. Als er stolperte, fiel die Kapsel mit der geheimen Botschaft aus seinem Hosenbund. Anton erschrak.

Der dünne Mann stutzte. Er nahm das Röhrchen vom Boden und öffnete es. Sein Blick verengte sich. »Das ist es also. Du bist ein Spion! Abführen!«

»Nein!«, rief Anton. »Der Brief ist für den Sultan. Darin steht, dass er seine Truppen zurückziehen soll!«

Die Männer schauten ihn nur ungläubig an. Sie banden ihm seine Hände auf den Rücken und führten ihn zu einem kleinen Zeltlager, das versteckt am Rand des verbrannten Dorfes lag.

Dort wurde der Brief von Hand zu Hand gereicht und studiert. Doch niemand konnte die Schriftzeichen entziffern. Anton wurde in einen alten Schweinestall gesperrt. Durch die Fensterluke hörte er die Männer miteinander reden.

»Wir bringen ihn nach Wien«, sagte eine Stimme. »Dort findet sich auch jemand, der den Brief lesen kann.«

Anton legte sich flach auf den Boden. Neben ihm lag seine Tasche. Die Männer hatten sie ihm, nachdem sie ihren Inhalt durchstöbert hatten, zum Glück nicht abgenommen. Aber wie sollte er sie mit gefesselten Händen öffnen? Anton versuchte, sie mit den Zähnen zu sich heranzuziehen, aber es gelang ihm nicht, sie zu öffnen. Leise rief er: »Osman! Hilf mir.«

»Die Hände sind mir gebunden«, piepste es hohl aus der Flasche. »Geduld ist der Schlüssel der Freude.«

»Ich kann nicht warten! Du musst mir jetzt helfen«, flehte Anton.

Doch Osman schwieg. Aus der Flasche kam kein Ton mehr.

Gegen Abend holten die Männer Anton aus dem Stall. Sie knebelten ihn, damit er nicht um Hilfe rufen konnte, und setzten sich in Marsch. Es dauerte gar nicht so lange, bis Anton in der Ferne die Festung Wien erblickte. Hatte Osman ihn im Kreis geführt oder warum waren sie so ewig unterwegs gewesen? Vielleicht kannte sich der Dschinn doch nicht so gut aus, wie er immer tat.

Nach einer Weile erreichten sie den großen Fluss. Jemand legte Anton eine Augenbinde um. Es war derselbe Mann, der ihn am Morgen fast hätte gehen lassen. Anton wurde einen steilen Weg hinabgeführt. Er spürte kaltes Wasser bis zu seinen Knien, dann bis zu seinen Oberschenkeln. Er wollte fragen, wo sie waren, doch der Knebel erstickte seine Worte.

Eine Hand an seinem Arm lotste ihn weiter nach vorn. Jetzt ging ihm das Wasser bis zur Hüfte. Das Wasser erreichte seine Brust. Wollten sie ihn etwa ertränken? Doch als Nächstes wurde er hochgehoben und durchs Wasser gezogen. Er spürte die Strömung, die ihn mitreißen wollte, und die starken Hände, die ihn festhielten. Eine endlos lange Zeit verging, bis seine Füße Steine und Schlamm berührten. Nun wurde das Wasser wieder flacher. Sie waren am anderen Ufer angelangt und stiegen jetzt einen steilen Pfad hinauf. Anton stolperte öfter, doch die Hand zog ihn immer wieder hoch. Auf einmal roch es nach Schweinestall. Hatte er den Geruch seiner Kleidung in der Nase? Nein, er hörte auch leises Grunzen. Sie machten kurz halt, eine Tür wurde geöffnet und wieder geschlossen. Die Luft war plötzlich feuchter und kühler als die Nachtluft. Es ging einen gepflasterten Weg entlang und Anton hörte das Echo ihrer Schritte. Sie waren irgendwo innerhalb eines Gemäuers.

»Treppe«, sagte eine Stimme an seinem Ohr.

Anton tastete mit den Füßen und spürte eine Stufe nach der anderen. Sie stiegen höher und höher. Noch eine Tür wurde geöffnet und Anton fühlte die warme Nachtluft. Wie gut das tat! Er hatte schon angefangen, in seinen nassen Sachen vor Kälte zu schlottern.

Sie gingen kurz geradeaus, und als sie wieder hielten, hörte Anton eine neue Stimme mit schwerfälligem Dialekt. Dann rasselte ein Schlüssel in einem Schloss, eine Eisentür quietschte und wurde zugeschlagen. Gleich war es wieder kühler. Nach ein paar Metern hielten sie plötzlich an. Die Binde wurde von Antons Augen gezogen, der Knebel aus seinem Mund entfernt und der Strick um seine Handgelenke gelöst. Dann schob ihn der Soldat, der ihn geleitet hatte, nach vorn. Vor ihm standen eine Pritsche mit Strohsack und ein Krug mit Wasser. Die Tür knallte hinter ihm zu. Er war in einer Zelle gelandet.

Das Feuerzeug

Vorsichtig schmierte die Sklavin den grünen Matsch in Jasminas Haar. Die Lieblingsfrau des Großwesirs saß im Schneidersitz, den Kopf vornübergebeugt. Vor ihr hockte Knödel und hielt die Schüssel mit der grünen Pampe.

»Und das soll gut für die Haare sein?«, fragte sie und verzog das Gesicht. »Es stinkt wie eine alte Wiese.«

Jasmina kicherte. »Man merkt, dass du aus einer einfachen Familie kommst. Henna ist sehr gut für die Haare. Wärst du auch in einem Palast aufgewachsen, wärst du jede Woche mit uns im Badehaus gewesen.«

»Bist du wirklich im Palast aufgewachsen – beim Großwesir?«

»Als ich elf war, hat er mich gekauft. Vorher habe ich bei meiner Familie in Stambul gelebt.«

»Er hat dich einfach gekauft? Das konnte er?«

»Natürlich. Das siehst du doch. Er bestimmt über Leben und Tod.«

»Und deine Familie?«
»Meine Familie hatte keine Wahl.«
Die Sklavin hatte Jasminas Kopf ausreichend mit Henna beschmiert, verneigte sich und verließ den Raum.
»Hast du ihn eigentlich gern?«, fragte Knödel, als sie allein waren.
Jasmina sah sie forschend an.
»Hast du ihn gern?«, fragte sie zurück.
Knödel schüttelte den Kopf. »Ich finde ihn unheimlich«, sagte sie.
Jasmina nickte. Sie sah auf einmal traurig aus. Sie neigte sich vor und die grüne Pampe tropfte von ihrem Kopf auf Knödels Arme.
»Ich habe Angst vor ihm«, flüsterte sie. »Ich würde alles darum geben, wieder zu Hause bei meiner Familie zu sein. Manchmal träume ich davon, nachmittags auf unserem Dachgarten zu liegen und auf den Bosporus zu schauen. Aber bitte versprich mir, dass du keinem davon erzählst! Alle beneiden mich hier um meine Stellung.«
Knödel nickte. »Ich verspreche es.«
Sie dachte daran, was Anton ihr an ihrem ersten Abend erzählt hatte. Osmans Prophezeiungen mussten inzwischen eingetroffen sein, sonst wären sie schon dem Großwesir übergeben worden. Und jetzt war es Anton, der anstelle von Mehmed Ali mit der Botschaft für den Sultan losgeritten war. Sie zögerte.
»Ich kann dir auch etwas verraten«, sagte sie leise. »Aber du musst schwören, dass du ebenfalls keinem davon erzählst.«

Neugierig sah Jasmina sie an. »Ich schwöre«, sagte sie. »Dann haben wir beide ein Geheimnis, das uns verbindet.«
»Wie Pech und Schwefel! Ich glaube«, fuhr Knödel leise fort, »die Nachricht, die mein Bruder dem Sultan bringt, wird dich freuen. Der Sultan will, dass ihr mit allen Kriegern nach Stambul zurückgeht, aber der Großwesir gehorcht ihm einfach nicht. Er will unbedingt Wien erobern. Und deswegen steht in der Botschaft für den Sultan, dass der Großwesir ihn reinlegt!«
»Wirklich?« Jasminas Augen glänzten vor Aufregung. »Und wenn der Sultan die Nachricht erhält, dürfen wir alle zurück nach Hause?«
»Ganz bestimmt!« Knödel nickte Jasmina aufmunternd zu.
Sie schwiegen jetzt, weil die Sklavin zurückgekehrt war, um das Haar ihrer Herrin zu waschen, tauschten aber ab und zu einen verschwörerischen Blick.

Am Nachmittag wurde Jasmina zum Großwesir bestellt. Doch als sie ankam, hielt er noch Audienz. Drei schwarz gekleidete Männer lagen ehrfürchtig vor ihm auf dem Boden. Jasmina blieb hinter dem Vorhang, der ins Hauptzelt führte, stehen und lauschte. Die Männer schienen nervös zu sein. Als der Großwesir ihre Geschichte zu Ende gehört hatte, war er ebenfalls nervös. Jasmina, die unbemerkt geblieben war, stahl sich schnell davon. Der Großwesir würde sie jetzt nicht mehr vermissen und sie hatte es eilig, in ihr Zelt zurückzukehren.
»Meine Nachrichten sind schlecht«, sagte Jasmina leise, als

Knödel kurz darauf vom Haremswächter zu ihr geführt worden war. »Dein Bruder ist in die Gefangenschaft des Feindes geraten.«

»Was?!« Knödels Hals schnürte sich zu.

»Ich habe belauscht, wie drei Männer es meinem Herrn berichteten. Und sie wussten, dass Mehmed Ali ihn losgeschickt hat.«

Knödel konnte die Nachricht noch nicht begreifen. Was nun? Die Feinde, das waren die Wiener. Die würden sicher merken, dass Anton einer von ihnen und kein Türke war. Würden sie ihn bald freilassen? Aber was würde dann aus ihnen werden? Sie kam als Sklavin ja nicht aus dem Lager heraus. Musste sie jetzt den Rest ihres Lebens im Harem verbringen, nur weil der Wunsch des verdammten Dschinn sich nicht erfüllt hatte?

Bleib ruhig und denke nach, beschwor sie sich. Es gab nur einen Ausweg – der Wunsch des Dschinn musste erfüllt werden. Aber wie?

»Hör zu«, sagte sie und griff Jasminas Hand, die schweigend neben ihr gesessen hatte. »Ich muss unbedingt mit Mehmed Ali sprechen. Kannst du mir dabei helfen?«

Jasmina zögerte und schüttelte den Kopf. »Er steht unter Verdacht. Man wird ihn beobachten.«

»Bitte. Ich muss ihn dringend unter vier Augen sehen.«

Jasmina schaute sie an.

»Bitte. Ich muss Anton retten. Er ist mein Bruder.«

Jasmina legte ihre Stirn in Falten, dann klatschte sie in die Hände. Wie aus der Luft gezaubert erschien hinter dem Vorhang der

Haremswächter. Jasmina flüsterte ihm ein paar Worte zu. Er konnte seine Überraschung nicht verbergen, als er sich am Ende verbeugte und verschwand.

»Moment, ich wollte doch mit ihm gehen!«, rief Knödel, die aufgesprungen war. Jasmina hielt ihre Hand fest.

»Nein. Mehmed Ali kommt hierher. Es ist besser so. Ich habe ihm eine Einladung in den Harem geschickt«, sagte sie. »Ich habe ihm bestellen lassen, dass eine von uns über seine Gesellschaft äußerst beglückt wäre. Der Harem hat weniger Lauscher als sein Zelt.«

Es dauerte ein Weilchen, bis der Haremswächter Besuch ankündigte. Jasmina deutete auf den Vorhang, durch den Knödel schon einmal gegangen war, um ihren Bruder zu treffen. »Er wartet auf dich.«

Knödel betrat den kleinen Raum. Doch anstelle von Mehmed Ali stand dort eine mit einem Tschador bekleidete Frau. Der Schleier war tief über ihr Gesicht gezogen. Knödel wandte sich um und wollte schnell wieder gehen. Da hob die Frau den Schleier und sah sie mit fragenden Augen an.

»Du?!«, fragte sie mit der Stimme Mehmed Alis.

Knödel starrte ihn überrascht an.

»Wieso diese Verkleidung?«

»Weil es Männern eigentlich untersagt ist, dieses Zelt zu betreten. Warum wolltest du mich sehen?«

Knödel kam einen Schritt auf ihn zu. »Ich muss mit Ihnen reden. Ich habe erfahren, was passiert ist.«

Mehmed Ali sah sie an, dann senkte er den Kopf. »Ich bin in großer Sorge«, sagte er. »Ich hätte nicht auf den Dschinn hören dürfen.«

Knödel nickte.

Sie suchte nach Worten, riss sich zusammen und begann: »Herr Ali, Osman hat Ihnen ja erzählt, dass wir aus einer Zeit stammen, die über dreihundert Jahre voraus liegt.«

Mehmed Ali seufzte nur. »Erzählt hat er mir viel. Aber das heißt noch lange nicht, dass ich ihm glauben kann. Flaschengeister haben eine blühende Fantasie.«

»Aber hat er es nicht genügend bewiesen? Denken Sie an den Abgesandten des Sultans. Ist er an dem angekündigten Tag gekommen oder nicht? Hat er dem Großwesir eine Nachricht vom Sultan gebracht oder nicht? Und hat sich der Großwesir daran gehalten? Es war alles genau, wie Osman es vorhergesagt hat!«

Mehmed Ali nickte. »Das ist wohl wahr. Aber muss der Dschinn deshalb aus der Zukunft kommen? Vielleicht hat er den sechsten Sinn. Vielleicht sieht er durch den Schleier der Zeit hindurch, der uns Sterblichen die Augen bedeckt.«

»Aber nein, Herr Ali«, rief Knödel ungeduldig aus. »Sie wissen selbst, dass ein Dschinn steinalt werden kann. Als mein Bruder die Flasche entdeckte, war Osman seit über dreihundert Jahren eingesperrt. Er kam zu uns und natürlich sind wir aus allen Wolken gefallen, weil es bei uns eigentlich keine Flaschengeister gibt. Und da hat Osman von Ihnen erzählt, weil ihn die Mitschuld an Ihrem Tod so fertiggemacht hat.«

»An meinem Tod?«, fragte Mehmed Ali. Seine blauen Augen ruhten neugierig auf dem Mädchen.
»Hat er Ihnen das etwa nicht erzählt?«
»Nein, von meinem Tod sprach er nicht. Allerdings hat dein Bruder einmal so etwas angedeutet. Osman hat nur vorausgesagt, dass wir den Krieg mit hohen Verlusten verlieren, wenn wir nicht umkehren. Alle Zeichen deuten darauf, dass er die Wahrheit sprach. Aber was hat er denn dir weisgemacht?«
»Weisgemacht? Aber Herr Ali, so hören Sie doch! Weil wir aus der Zukunft kommen, wissen wir, was hier geschehen ist. Ich erzähle Ihnen jetzt einfach, was Osman damals erlebt hat«, rief Knödel und ließ sich nicht mehr unterbrechen. »Damals, nachdem der Gesandte gefahren war, hatte der Großwesir nicht auf den Befehl des Sultans gehört, sondern nur noch schlimmer weitergemacht. Seine Leute gingen dabei drauf, aber das war ihm egal. Sie aber«, Knödel nickte Herrn Ali zu, »Sie sahen, dass die Lage schlechter wurde, und sagten es ihm ins Gesicht. Der Großwesir wurde total sauer auf Sie und ließ Sie rausschmeißen. Also beschlossen Sie, dem Sultan heimlich eine Nachricht zu schicken. Sie beschlossen sogar, selbst der Bote zu sein. Aber der Dschinn, der versprochen hatte, den Boten zu beschützen, hat Ihre Abreise einfach verschlafen. Tja, und dann wurden Sie geschnappt und gingen ein in die … in die ewigen Blumengefilde des Paradieses, wie Osman es nennt.«
Ein langes Schweigen folgte.
Mehmed Ali schien erst allmählich zu begreifen. Es arbeitete

schwer in ihm. Deswegen also durfte er dem Großwesir nicht widersprechen!

Knödel riss ihn aus seinen Gedanken: »Und so sind wir in diese ganze Geschichte geraten! Der Dschinn hat alles meinem Bruder erzählt und Anton hatte Mitleid mit ihm. Er hat ihm eine zweite Chance gewünscht, damit er alles wiedergutmachen kann. Tja, und dann ist es passiert. Ich kam zufällig in dem Moment rein und wollte …«, Knödel zögerte. Dieser Teil der Geschichte war ihr im Nachhinein etwas peinlich. »Na ja, ich wollte nicht, dass Anton den Dschinn wegwünscht. Ich wollte ihn als Wunscherfüller bei uns behalten und deshalb habe ich nach der Flasche gegriffen und auch Anton hat sie nicht losgelassen, und so sind wir beide mit Osman hier gelandet.«

Vorsichtig sah sie Herrn Ali an.

»Ich kann mir vorstellen, was Sie von mir denken.« Sie kaute an ihrer Lippe. »Wenn mir jemand so eine Geschichte erzählt hätte, würde ich denken, der hat nicht alle Tassen im Schrank.«

Mehmed Ali hob fragend eine Augenbraue.

»Na ja, dass er plemplem ist und einen Dachschaden hat«, erklärte Knödel.

»Einen was, meine junge Dame?«

»Na, dass er halt verrückt ist.«

»Ja, so ist es«, sagte Herr Ali. »Genau das glaube ich auch.«

Knödel nickte entmutigt. »Das hatte ich befürchtet.«

Da fiel ihr etwas ein. »Hier. Sehen Sie mal.« Sie zog das Feuerzeug aus ihrer Tasche und knipste es an.

Verwundert wich Mehmed Ali zurück. »Was ist das für ein seltener Flammenstein?«
»Das ist ein Feuerzeug. Das gibt es noch nicht in Ihrer Zeit. Es muss erst noch erfunden werden«, sagte Knödel. »Und es werden noch ganz andere tolle Dinge erfunden werden. Menschen werden in Eisenkisten fliegen, sie werden mit kleinen Kästchen über große Entfernungen miteinander reden können und, äh …« Knödel suchte nach anderen Beispielen.
»Darf ich mir das mal ansehen?« Mehmed Ali zeigte auf das Feuerzeug.
Knödel knipste es noch mal an und reichte es ihm. Respektvoll betrachtete er es von allen Seiten.
»Probieren Sie mal selbst.« Knödel drehte schnell an dem Rädchen, mit dem man die Flamme größer stellt, und legte Alis Daumen auf die kleine Taste. Er drückte sie herunter, es klickte und die hohe Flamme versengte fast seine Augenbrauen. Erschrocken ließ er das Feuerzeug fallen.
»Verstehen Sie nicht?«, rief Knödel und schaute ihn eindringlich an. »Ich zeige und erzähle Ihnen das alles, weil ich die Wahrheit sage. Wie sollte ich das alles erfinden? Bitte, bitte lassen Sie *mich* dem Sultan die Nachricht bringen. Ich will mit meinem Bruder wieder von hier weg und das geht nur, wenn sich der letzte Wunsch des Dschinn erfüllt. Nur dann kann sich Anton endlich unsere Heimkehr wünschen!«
»Was im Buch des Schicksals geschrieben steht, kann man nicht einfach auslöschen.«

»Das weiß man erst, wenn man es probiert hat«, antwortete Knödel trotzig. »Bitte lassen Sie es mich versuchen.«
Mehmed Ali nahm ihr Kinn in seine Hand und betrachtete sie nachdenklich.
»Du bist wahrlich ein sehr ungewöhnliches Mädchen«, sagte er.
»Ich komm einfach aus einer anderen Welt«, sagte Knödel schnell.
Zum ersten Mal fiel ihr auf, wie jung der Leiblakai des Großwesirs eigentlich war. Auf keinen Fall durfte er das Zelt verlassen, bevor sie ihn von ihrem Plan überzeugt hatte. »Bitte bleiben Sie noch«, sagte sie.
Mehmed Ali gab sich geschlagen. »Wie also stellst du dir das vor?«

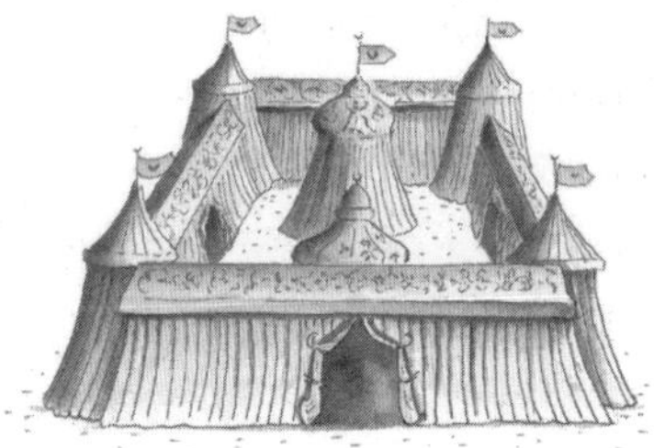

Picknick im Park

Jasmina hatte die zündende Idee.
»Der Ausflug in den Kaisergarten«, rief sie und strahlte über ihr rundes Gesicht. »Damit könntest du den wachsamen Augen meines Herrn entkommen. Wir machen endlich die Ausfahrt, die ich mir schon so lange gewünscht habe, und dann suchst du von dort aus auf leisen Sohlen das Weite.«
Knödel sah sie mit neuer Hoffnung an.
»Ich werde meinen Meister heute Abend an sein Versprechen erinnern. Er ist in letzter Zeit griesgrämiger als sonst, aber er wird es mir schon nicht verwehren«, kicherte Jasmina.
Und genau so kam es auch. Am nächsten Morgen, als Knödel noch schlief, setzte sich Jasmina neben sie, kitzelte sie an der Nase und flüsterte: »Kara Mustafa hat zugestimmt. Wir machen heute unseren Ausflug. Und rate, wer uns bewacht?«
Schläfrig setzte Knödel sich auf. »Wer?«
»Mehmed Ali!«
»Wie hast du das geschafft?«

Jasmina lächelte nur.
»Und Mehmed Ali wird nicht beobachtet?«
»Doch, natürlich. Es werden Spitzel mitreisen. Deswegen müssen wir jetzt klug sein wie die Schlangen.«
»Gut«, Knödel nickte. Sie war ziemlich aufgeregt. »Aber Mehmed Ali muss davor unbedingt noch den Brief für den Sultan schreiben.«
»Keine Sorge«, sagte Jasmina. »Mein getreuer Shükrü – mein Freund in den blauen Höschen, wie du ihn nennst – ist gerade bei ihm. Es wird alles geschehen, was nötig ist.«
Knödel sprang auf und zog sich schnell an. Das Zelt war erfüllt von fröhlichem Stimmengewirr. Sklavinnen flitzten mit Tschadors und Taschen durch die Zelte. Bald darauf erschien der Haremswächter und verbeugte sich vor Jasmina. Die von Ochsen gezogenen Wagen standen auf dem Vorplatz bereit.
Jasmina drückte Knödels Hand. »Du bekommst ein Zeichen«, flüsterte sie ihr ins Ohr, als sie in den Wagen stiegen, der mit Teppichen und Kissen ausgelegt war.
Mit einem Ruck holperten sie los. Durch die halb durchsichtigen Vorhänge schimmerte das Sonnenlicht herein. Aus der Ferne hörten sie Schüsse. Knödel schaute durch die wehenden Vorhänge zur Burg. Es war schon merkwürdig. Sie waren mitten im Krieg und fuhren auf ein Picknick. Das würde ihr zu Hause niemand glauben. Aber es würde ihr sowieso niemand irgendetwas von dem glauben, was sie hier erlebte.
Als sie am Palast des Großwesirs vorbeifuhren, sah sie, wie drei

Männer gefesselt vor dem Zelt des Scharfrichters standen. Sie trugen blau-weiße Uniformen. Es waren Wiener.

»Schau nicht hin«, sagte Jasmina, die ihrem Blick gefolgt war, und hielt Knödel die Hand vor die Augen.

Knödel zog Jasminas Hand herunter und drückte sie. Beide dachten daran, dass Knödel vielleicht das Gleiche drohte, wenn sie geschnappt würde.

»Die Janitscharen begleiten uns«, sagte Jasmina und zeigte auf die Reiter, die vor und neben ihren Wagen ritten. »Mein Herr hat die besten Krieger ausgesucht, um seine zarten Blumen zu schützen.«

Als sie gegen Mittag den Kaisergarten erreichten, erkannte Knödel ihn gleich wieder. Sie war mit Jasmina hier gewesen, als der Gesandte angekommen war. Allerdings durften sie sich damals nur im Zelt aufhalten.

Heute hatten sie den Garten ganz für sich allein. Und man hatte Vorbereitungen für sie getroffen.

In der Mitte der Rasenfläche stand ein vergoldeter Baldachin. Diener legten Teppiche und Kissen darunter aus. Im Schatten hoher Eichen wartete ein Wagen der Großherrlichen Küche. Unter den Bäumen waren kreisförmige Kochstellen, über denen große Kupferkessel baumelten. Ein Dutzend Köche schälten und hackten Gemüse und warfen das Kleingeschnittene in die brodelnden Kessel, während andere mit riesigen Kellen darin rührten.

Knödel hielt nach Mehmed Ali Ausschau, doch der war nirgends zu sehen. Die anderen Frauen hatten sich gleich plaudernd unter dem Baldachin niedergelassen, aber bald nach Musik verlangt. Und die Musik hatte ihnen nicht genügt. Das Gerücht von Knödels Auftritt vor dem Großwesir hatte schnell die Runde gemacht. Als alle »Bitte, bitte« riefen und bettelten, hatten Jasmina und Knödel wieder einen Walzer tanzen müssen. Aus gebührender Ferne waren sie dabei von den Janitscharen beobachtet worden. Einer von ihnen hatte sogar sein Fernrohr gezückt.

Nach dem Tanz waren sie alle mit Gemüseplatten und Duftreis bedient worden. Nur Knödel hatte das Essen nicht recht genießen können, weil sie immer wieder heimlich nach Mehmed Ali ausgespäht hatte.

»Schau dich nicht ständig so um«, hatte Jasmina sie gewarnt, die den Tag herrlich fand. »Hier sind überall Augen.«

Aber Knödel konnte sich nicht beherrschen.

Nach dem Essen drängte es die Frauen zu den Tiergehegen. Jasmina wollte Knödel unbedingt den Ziegenvogel zeigen. Den Ziegenvogel? Von dem hatte Osman damals erzählt. Dann gab es ihn also wirklich? Die Frauen staunten und kicherten, als sie ihn sahen.

»Er ist wirklich ganz schön hässlich«, musste Knödel zugeben.

Als der Ziegenvogel gerade wieder zum Vogel Strauß gesperrt wurde, ertönte ein Schrei.

»Was ist los?«, fragte Knödel.

»Der Tiger ist frei!«, rief Jasmina mit lauter Stimme.

Es entstand ein kleiner Aufruhr, die Frauen stoben in alle Richtungen auseinander. Nur Knödel blieb neben Jasmina stehen, die erstaunlich ruhig wirkte. Knödel wusste nicht, wohin sie flüchten sollte, und sah sich suchend um. Da fühlte sie eine Hand an ihrem Arm. Neben ihnen stand Mehmed Ali.

»Komm, es ist Zeit«, sagte er leise.

»Allah sei mit dir«, flüsterte Jasmina, nickte Mehmed Ali zu und drückte ihrer Freundin die Hand.

Mehmed Ali zog Knödel einen schmalen Weg zwischen hohen Hecken entlang.

»Der Ziegenvogel ist auch frei«, rief jemand auf der anderen Seite. »Der Hirsch jagt ihn!«

»Aber wir können sie doch nicht alleinlassen«, sagte Knödel.

»Keine Sorge«, antwortete Mehmed Ali. »Der Hirsch hat mehr Angst vor den Frauen als sie vor ihm. Es ist alles Teil des Plans. Deine Freundinnen sind in bester Hand. Meine Männer bringen sie zurück zu ihren Wagen.«

»Aber der Tiger?«

Er lächelte und zog Knödel weiter. »Es ist kein Tiger frei.«

Sie liefen durch einen Irrgarten. Knödel schaute auf die hohen Hecken. Hier drinnen war es still, von draußen drangen gedämpft aufgeregte Rufe zu ihnen.

»Kommen wir hier je wieder raus?«, fragte Knödel.

»Vertrau mir nur. Es gibt zwei Ausgänge«, antwortete Mehmed Ali, der sie mit sicherem Schritt im Zickzack durch die Wege führte, bis er vor einer Bank stehen blieb.

Jetzt erst verstand Knödel, was er insgeheim vorbereitet hatte. Auf der Bank lagen Kleidungsstücke – weite Hosen, ein Oberteil, ein Turbantuch und ein Paar Schuhe.
»Zieh dich schnell um«, sagte er und verschwand diskret zwischen den Hecken. Knödel beeilte sich. Die Sachen passten, nur mit dem Turban ging es nicht so leicht. Aber da war Mehmed Ali schon neben ihr und band ihn ihr um den Kopf. Er betrachtete sie und nickte anerkennend.
»Du gehst als schöner Jüngling durch.«
Knödel errötete.
Mehmed Ali zog ein versiegeltes Röhrchen aus seinem Gewand und reichte es ihr.
»Das ist die Nachricht«, sagte er. »Ein Pferd für dich wartet auf der anderen Seite der Gartenmauer.«
Noch einmal gab er ihr genaue Anweisungen für den Weg zu Hussein Bey. Dann befahl er ihr, die Anweisungen zu wiederholen.
»Gut.« Die blauen Augen ruhten wieder auf ihr.
»Warum sprichst du so gut unsere Sprache?«, fragte sie plötzlich. Sie war wieder etwas verlegen.
Mehmed Ali lächelte traurig. »Weil es meine Muttersprache ist. Ich wurde als Kind von den Türken geraubt und zum Staatsdienst im Serail erzogen. Aber jetzt komm, verlieren wir keine Zeit.«
Er riss seinen Blick von ihr, nahm das Bündel mit ihrer alten Kleidung und stopfte es in eine Tasche. Dann führte er sie ein

paar Ecken weiter zu einem breiten Weg. Die Rufe draußen hatten sich entfernt. Vor ihnen lag die Gartenmauer. Ein alter Walnussbaum breitete seine Äste darüber aus. Mehmed faltete seine Hände ineinander und machte eine Räuberleiter.

»Stell deinen Fuß hier rein«, sagte er, »und versuche, die Mauer oder den Ast zu greifen.«

Mit Schwung hob er sie hoch, Knödel ergriff einen Ast und Mehmed schob ihren Fuß noch weiter hinauf, bis sie das andere Bein über die Mauer schwingen konnte. Dann saß sie rittlings auf dem Mauerfirst.

»Siehst du dein Pferd?«

Knödel nickte.

»Saddet baad«, sagte er. »Möge das Glück geschehen.«

»Saddet baad«, wiederholte sie.

Mehmed Ali lächelte. »Geh mit Gott, Mädchen aus einer anderen Welt.«

Knödel schwang nun auch das zweite Bein auf die andere Seite und sah Mehmed Ali ein letztes Mal an. Er hob zum Abschied die Hand. Dann verschwand er durch den Irrgarten.

Knödel kletterte den Walnussbaum herunter und lief zu dem schwarzen Pferd, das im Schatten der Bäume auf sie wartete.

Der Kerker

»Also noch mal. Wo kommst du her?«
»Aus der Bundesrepublik«, antwortete Anton.
Die beiden Männer starrten ihn an.
»Bundesrepublik. Was ist Bundesrepublik? Das hast du dir aus den Fingern gesaugt«, sagte der Priester. »So ein Land gibt es nicht.«
»Verkauf uns nicht für dumm«, schrie ihm der andere ins Gesicht, der deutlich ungeduldiger mit Anton war als der Geistliche. Der Mann trug Kniehosen, eine bestickte Weste und einen Umhang, den er in der kalten, feuchten Zelle um seine Schultern zog. Wie gern hätte Anton auch etwas gehabt, um sich zu wärmen.
Die beiden Männer standen schon seit einer halben Stunde in seiner Zelle.
»Wo ist deine Familie?«, fragte der Mann mit dem Umhang.
»Hier … hier in der Nähe.«
»Wo ist ›hier in der Nähe‹?«
»Leopoldstadt«, antwortete Anton.

»Vorhin hast du noch gesagt, du kommst aus Wien.« Der Priester sah Anton streng an.

»Ich meinte Leopoldstadt.«

»Du bist zu den Türken übergelaufen. Leugne es nicht«, sagte der andere Mann. »Wer hat dir dieses Schriftstück gegeben und was steht darin? Sag die Wahrheit.«

»Es ist die Bitte eines Mannes, der dem Großwesir dient. Er schreibt an den Sultan, dass er die Truppen zurückziehen soll«, sagte Anton nun schon zum dritten Mal. Warum wollten ihm die Männer nur nicht glauben?

Der Große mit dem Umhang baute sich vor ihm auf und sah ihn mit eisigem Blick an. Er sprach ganz ruhig und wirkte umso bedrohlicher.

»Gut. Wir haben Mittel, die Nachricht zu entziffern, Bursche. Und wehe, du hast gelogen. Dann baumelst du morgen am Galgen.«

Er drehte sich ruckartig um, sodass sein Mantel um ihn herumschwang, und verließ die Zelle. Der Geistliche folgte ihm.

Die Tür fiel wieder ins Schloss. Anton war allein. Er hatte keine Ahnung, wie viel Zeit er schon in diesem kalten Gemäuer verbracht hatte. Den Himmel sah er nur durch einen schmalen Schlitz in der dicken Außenwand. Den Schusswechseln nach zu urteilen, saß er irgendwo in der Festung Wien, denn die Kämpfe waren jetzt ganz nah. Den ganzen Tag hörte er das Knallen der Gewehre, das Donnern der Kanonen und dann wieder Explosionen. Sogar nachts wurde er öfter davon aufgeschreckt.

In der Stille, die jetzt herrschte, hörte er ein Knarzen an seiner Zellentür. Waren die Männer schon wieder zum Verhör gekommen? Nein, jemand hatte die kleine Klappe in der Tür zur Seite geschoben. Anton sah, wie zwei Stücke Brot aus dem Spalt wuchsen.

»Danke«, rief er, »wer immer Ihr seid!«

»Aber bitte. Lass es dir schmecken«, sagte eine Jungenstimme, die ihm irgendwie bekannt vorkam.

Anton nahm das Brot und biss hinein. Jetzt würde man ihn wohl eine Weile in Ruhe lassen. Er ging zu seiner Pritsche und holte die Umhängetasche hervor, die er unter dem Strohsack versteckt hatte. Dann nahm er die Flasche aus der Tasche und stellte sie auf dem Steinboden ab.

»Komm heraus, Osman«, rief er flüsternd.

In einer dünnen Rauchwolke erschien der Dschinn.

»Wie geht es dem kleinen Herrn?«, fragte er mit silbriger Stimme und seine Augen glitzerten.

»Nicht gerade gut«, antwortete Anton und hielt Osman ein Stück Brot hin.

Der Dschinn lehnte dankend ab.

»Ich wünschte«, sagte Anton mit belegter Stimme, »du könntest mich zu Knödel zurückbringen und uns beide endlich zurück nach Hause.«

»Meine Hände sind leider gebunden«, sagte Osman und studierte angeregt einen Riss in der Mauer der Zellenwand.

Anton nickte. »Das hast du schon einmal gesagt, Osman. Aber

wenn dieser Krieg vorbei ist und Mehmed Ali hat überlebt, bringst du uns dann zurück?«
Der Dschinn starrte noch immer auf den Mauerriss. »Alles zu seiner Zeit«, sagte er schließlich. »Das Gras wächst nicht schneller, wenn man daran zieht.«
»Ja, schön«, sagte Anton genervt. »Aber ich hab dir eine einfache Frage gestellt. Weich mir nicht immer aus. Antworte mir!«
Überrascht schaute Osman den Jungen an.
»Also gut. So sollst du es endlich wissen«, sagte er, faltete die Arme und schwebte etwas über dem Boden. »Wenn man einen Dschinn aus seiner Flasche befreit, ist der Dschinn seinem Befreier ein Leben lang dankbar und bleibt sein getreuer Diener.«
Anton nickte. »Und mein Wunsch?«
Osman räusperte sich und fuhr fort. »Jeder, der einen Dschinn aus der Flasche erlöst, hat drei Wünsche frei. So steht es seit Olims Zeiten geschrieben. Also –«
Osman legte die Fingerspitzen zusammen und schaute Anton vorsichtig an. Es dauerte einen Moment, bis die Nachricht eingesickert war.
»Nur *drei* Wünsche?«, fragte Anton. Er war blass geworden und ließ sich auf die Pritsche fallen.
Der Dschinn nickte und kratzte sich schwebend hinterm Ohr.
»Aber du hast nichts gesagt!«, flüsterte Anton.
»Ich dachte, das wüssten selbst die Ungläubigen«, sagte Osman.
»Heißt das etwa, dass ich mich nie mehr nach Hause in meine Zeit wünschen kann?!«

Der Dschinn schwieg. Seine meergrünen Augen mieden Antons Blick. Wieder räusperte er sich.
»In deiner Großmut, kleiner Herr, hast du mir deinen letzten Wunsch geschenkt. Dafür stehe ich für immer in deiner Schuld.«
»Du hast mich reingelegt!«, zischte Anton. Am liebsten hätte er sich auf den Dschinn gestürzt, so wütend war er.
Doch draußen hallten plötzlich Schritte durch den Gang. Jemand hielt vor der Tür und ein Schlüsselbund rasselte im Schloss. Im Nu verwandelte Osman sich wieder in eine Rauchwolke und verschwand in der Flasche. Da wurde auch schon die Zellentür aufgestoßen.
Ein Junge schob sich an dem Wachmann vorbei und betrat lächelnd den Raum. Er hatte rote Haare und Sommersprossen und trug einen Besen in der Hand. Überrascht starrte Anton ihn an. Der Junge kam auf ihn zu und flüsterte: »Ich hab dich schon durch die Klappe gesehen und gleich wiedererkannt.«

Das blutige Kleid

Endlich machen sich die Reitstunden bezahlt, dachte Knödel, während sie mit ihrem Pferd über den schmalen Waldpfad trabte. Bis sie nach Wien gezogen waren, war sie jede Woche auf Safran geritten oder auf … sie musste überlegen. Der andere Name fiel ihr nicht mehr ein. Es war, als läge das alles eine Ewigkeit zurück. Wie lange lebten sie jetzt schon im türkischen Lager? Knödel hatte die Tage nicht gezählt. Wahrscheinlich grämten sich ihre Eltern zu Tode und das Schlimmste war, sie konnte sie nicht mal schnell anrufen, um sie zu beruhigen.

Der Wald lichtete sich und vor ihr lagen offene Felder. Mehmed Ali hatte ihr gesagt, sie solle immer am Waldrand entlangreiten, bis sie zu einer Schlucht kommen würde.

Knödel drückte ihre Stiefel in die Flanken des Pferdes und ritt im Schatten der Bäume weiter. Mehmed Ali hatte ihr Kleidung in dunkelgrünen Tönen besorgt, damit sie mit ihrer Umgebung verschmolz. In ein paar Stunden würde es dunkel werden und

bis dahin wollte sie möglichst weit kommen. Erst dann würde sie eine Rast einlegen.
Hätte Knödel geahnt, was inzwischen im Harem geschehen war, hätte sie ihr Pferd allerdings noch mehr angespornt.

Schon kurz nach der Rückkehr der Frauen hatte man Fannis Verschwinden bemerkt. Ihre Freundinnen hatten zwar dichtgehalten und nichts verpetzt. Aber ein Diener des Großwesirs hatte die Frauen gezählt und festgestellt, dass eine Sklavin fehlte.
Sofort wurde Mehmed Ali zum Großwesir bestellt.
»Wie konnte das passieren?«, schrie er ihn an.
»Verzeih, Herr«, antwortete Mehmed. »Die Verfehlung liegt ganz bei mir. Man hatte gerufen, der Tiger wäre los. In der Aufregung stürzten alle Frauen in verschiedene Richtungen. Ich dachte, die Wagen wären vollzählig besetzt. Bitte, lasst es mich wiedergutmachen. Unverzüglich werde ich losreiten und nach der Sklavin suchen.«
Die Falkenaugen des Wesirs wurden noch schmaler. Er trat einen Schritt auf Mehmed Ali zu und sah ihn durchdringend an.
»Du reitest nicht. Du bleibst hier. Man erzählt mir Dinge über dich, die mich an deiner Treue zweifeln lassen.«
»Das sind die bösen Zungen des Neids. Wer auch immer so redet, erlauchter Herr, der bringe Beweise gegen Euren treuesten Diener vor«, antwortete Mehmed Ali und neigte den Kopf.
Der lauernde Blick des Großwesirs veränderte sich nicht. Er hob die Hand und winkte Mehmed Ali barsch davon.

»Andere werden die Ungläubige suchen«, sagte er, während Mehmed unter weiteren Verbeugungen die Zeltburg verließ.
Schweren Schrittes ging er in sein Zelt zurück. Jetzt wurde das Mädchen verfolgt! Mehmed Ali rief einen Diener zu sich und gab ihm zwei Asper.
»Besorg mir Brot und Gemüse auf dem Markt«, sagte er ihm. »Und geh auch beim Färber vorbei und hol mir ein Kännchen mit Ochsenblut.«
Der Diener kehrte bald mit dem Gewünschten zurück. Mehmed Ali wartete, bis er ganz allein war. Er prüfte die Vorhänge und Türen, um sicher zu sein, dass ihn niemand beobachtete. Dann nahm er Knödels Kleidung aus der Tasche, riss sie auseinander und spritzte Flecken von Tierblut auf den Stoff. Als er fertig war, stopfte er die Kleider wieder in die Tasche. Das Kännchen mit dem restlichen Blut stellte er auf sein Schreibpult. Der Diener würde es am nächsten Tag mit Tinte vermischen.
Wie gewohnt aß Mehmed sein Abendessen und ließ sich berichten, dass Reiter ausgezogen seien, um die Sklavin zu suchen. Danach bat er, für den Rest des Abends nicht gestört zu werden, und gestattete seinem Diener, sich zurückzuziehen.
Unauffällig verließ er sein Zelt, sattelte seinen Schimmel, machte einen Bogen um den Zeltpalast und ritt direkt auf die Festung zu. Es war zwar gefährlicher, an den Kampflinien vorbeizureiten, dafür aber schneller.
Der Mond warf ein feines silbriges Licht. In der Nacht hatte der Kampf nachgelassen. Nur noch ab und zu hörte er das Knallen

der Gewehre und ihr Feuer flackerte kurz auf. Sonst herrschte Stille. Der Apfelschimmel sprang über die Gräben, die die Krieger angelegt hatten. Tief über den Pferderücken geduckt, galoppierte er weiter und schaffte es bald, die Baumgruppe zu erreichen, die ihn vor den Schützen der Festung verbarg.
Nun war es nicht mehr weit. Er ließ die Zügel locker und das Pferd verlangsamte schnaufend seinen Schritt. Mehmed lauschte: Ob die anderen Reiter in der Nähe waren? Er hörte nur das Rascheln von kleinen Tieren im Unterholz und den Ruf eines Käuzchens. Er ritt jetzt langsam weiter, bis er die Mauern des Kaisergartens erkannte. Er war am Ziel.
Nach einem Blick über die Schulter griff Mehmed Ali in die Satteltasche. Er holte die zerrissenen und blutbefleckten Kleidungsstücke heraus und warf ein Stück des Gewands über die Mauer. Ein anderes ließ er auf den Boden fallen und weitere blutige Fetzen verteilte er im Gehölz.
Da hörte er auch schon Stimmen und Schritte. Fackeln leuchteten in der Ferne auf. Mehmed Ali wendete sein Pferd und verschwand so lautlos, wie er gekommen war.

Am nächsten Morgen erreichte die Nachricht auch den Harem. Ein wildes Tier hatte die hübsche Sklavin zerrissen und als Beute davongeschleppt. Als Mehmed Ali später auf Jasmina traf, nickten sie sich aus der Entfernung zu und tauschten ein kaum merkliches Lächeln aus.

Wiener Walzer und eine Ratte

Anton hatte Friedrich nicht sofort wiedererkannt.
Friedrich jedoch hatte dem Wächter gleich davon erzählt, dass der angebliche Spion ihn von den Tataren freigekauft hatte. Seitdem ließ der Wächter die beiden in der Zelle allein. Friedrich, der die Gänge sauber halten und den Gefangenen das Essen bringen musste, saß bald jede freie Minute bei Anton. Er brachte ihm öfter einen Apfel oder eine Kanne Milch mit. Und immer wieder beteuerte er Anton, wie dankbar er ihm war.
»Uns wäre ein schlimmes Schicksal bestimmt gewesen«, sagte er. »Ich habe inzwischen Geschichten gehört …« Friedrich schüttelte sich. »Das kann man fast nicht erzählen. Sie sagen: Rückt euer Gold raus, dann tun wir euch nichts. Und wenn die Stadtväter ihre Geldschatullen bringen und die Menschen sich ergeben, dann werden sie alle niedergemetzelt. Sie nehmen die Frauen und Kinder mit als Sklaven – so wie sie es mit uns getan haben. Es ist ein Glück, dass wir jetzt hier oben auf der Festung sind.«

»Na ja«, Anton sah sich um und seufzte. Seit seinem letzten Gespräch mit Osman war er sehr niedergeschlagen. Wütend hatte er die Flasche zugestöpselt und hinter den Strohsack geworfen. »Nie wieder will ich etwas mit dir zu tun haben! Von mir aus bleibst du die nächsten fünfhundert Jahre in der Flasche! Damit du nicht noch mehr Unheil anrichtest!«, hatte er gerufen.
Die Flasche lag nun schon seit einigen Tagen in der Ecke. Der Dschinn rührte sich nicht, sondern blieb schuldbewusst still.
Von draußen hörten sie wieder die Kanonen.
»Sie werden unsere Festung nie einnehmen«, sagte Friedrich und schaute hoch zu der schmalen Schießscharte, die den Raum mit gedämpftem Licht füllte. »Auch wenn sie in der Überzahl sind. Wir haben mehr Kanonen.«
Die Sonne ging langsam unter und nun mischte sich in die Gewehrsalven ein neuer Klang. Es waren die Musikkapellen der Türken. Anton hatte sie schon oft gehört. Sie spielten nach dem Mittags- und dem Abendgebet und oft spielten sie auch während der Schlacht. Wahrscheinlich um die Krieger anzuspornen und den Feinden Angst einzujagen.
Doch diesmal war der Klang ein anderer. Überrascht horchte Anton auf.
»Die spielen ja einen Wiener Walzer!«, rief er.
»Einen was, bitte?«, fragte Friedrich.
»Einen Wiener Walzer. Das ist ›An der schönen blauen Donau‹«, sagte Anton und setzte sich auf. »Meine Schwester hat das ständig gespielt. Ich kenn die Melodie auswendig.«

Friedrich sah ihn verwirrt an. Er verstand offenbar überhaupt nichts.
»Was ist ein Wiener Walzer?«, fragte er.
»Ein Tanz aus Wien. Den müsstest du eigentlich kennen.«
Friedrich schüttelte den Kopf. Sie lauschten beide der Musik. Friedrich schüttelte nochmals den Kopf.
»Es ist sehr hübsch – aber dieser Rhythmus, diese Melodie: Die gibt es ganz bestimmt nicht hier in Wien. Und ich kenne die Tänze. In der Schenke meiner Mutter wird jeden Abend getanzt.«
»Vielleicht ist er ja noch gar nicht erfunden«, sagte Anton.
Friedrich zog die Stirn in Falten. »Du bist ein merkwürdiger Junge. Manchmal verstehe ich dich einfach nicht.«
Anton zögerte. Wieder dachte er daran, Friedrich seine ganze Geschichte zu erzählen, aber dann schreckte er doch davor zurück. Bestimmt würde ihn Friedrich für vollkommen verrückt halten.
Von außen hörten sie das Klirren des Schlüsselbunds. Der Wärter schloss die Zellentür auf.
»Es ist Zeit zu gehen, Friedrich«, sagte er. »Sonst schläfst du auf der Nachtwache noch ein.«
Friedrich verabschiedete sich. »Bis morgen, mein Freund«, sagte er und die Tür fiel knarrend ins Schloss.
Der Schlüssel wurde umgedreht und Anton war allein.
Er legte sich auf seine Pritsche und versuchte, die Augen zu schließen. Das Stroh pikte ihn im Rücken und roch muffig. Vie-

les schoss Anton durch den Kopf. Wie es wohl Knödel ging? Zum Glück war sie im Harem in Sicherheit. Aber wie sollten sie je wieder zurückkommen, wenn Anton keinen Wunsch mehr frei hatte? Hätte er nur nie diese alte Flasche aus dem komischen Laden mitgenommen! Dann wären sie jetzt alle gemütlich zu Hause. Hier hatte er niemanden, außer Friedrich. Zum Glück gab es diesen Freund, sonst wäre er ganz verloren. Friedrich, der ihm Äpfel brachte und ihm von der Welt berichtete.
Schließlich nickte Anton ein.
Er wusste nicht, wie lange er geschlafen hatte, als er plötzlich ein scharrendes Geräusch hörte. War das etwa eine Ratte? Das hätte jetzt noch gefehlt. Er setzte sich auf. Die Zelle war stockdunkel. Er ging zur Tür und lauschte. Draußen hörte er Schritte.
»Friedrich!«, rief er.
Die Schritte hielten inne. Er hörte die Stimme des Wachmanns: »Was gibt es?«
»Ein Geräusch in meiner Zelle. Ich glaube, eine Ratte.«
»Dann erledige sie mit deinem Schuh«, antwortete der Wachmann und ging weiter.
Anton tastete sich zurück zur Pritsche und legte sich hin. Das Geräusch hatte wieder aufgehört und endlich schlief er ein.

Am nächsten Abend kam Friedrich, nachdem er seine Arbeiten erledigt hatte, wieder zu Anton in die Zelle. Er gähnte und ließ sich auf den Strohsack fallen.
»Weißt du noch – die Musik gestern? Die Wachen in der Schen-

ke meiner Mutter haben erzählt, dass ein paar Türkenkrieger tatsächlich dazu getanzt haben. Es ist ein Tanz, wie du gesagt hast. Kennst du ihn aus dem Lager?«
Anton schüttelte den Kopf.
»Von zu Hause«, sagte er.
Friedrich sah ihn an. Er hatte bemerkt, wie bedrückt Anton in letzter Zeit war.
»Du kommst auch noch nach Hause«, sagte er. »Eines Tages, wenn all das hier vorbei ist, kehren wir alle zurück.«
Anton schüttelte den Kopf. Wenn Friedrich nur wüsste!
»Ich muss leider gleich wieder fort«, sagte Friedrich. »Wir müssen jetzt jede Nacht Wache halten. In den Kellern an der Stadtmauer lauschen wir auf verdächtige Geräusche. Weil die Türken unterirdische Gänge zur Festung graben. Ein Kratzen oder so wäre ein Zeichen, dass sie die Mauern erreicht haben, verstehst du?«
Anton nickte. »Ich glaub, ich hab gestern Nacht was gehört«, sagte er. »Ich dachte, es wäre eine Ratte.«
»Wirklich? Ich werde es gleich melden.« Friedrich sprang auf. Im Gegensatz zu Anton war er voller Tatendrang. Er wollte unbedingt mithelfen, die Stadt zu retten.
»Bis morgen dann«, sagte er und klopfte an die Zellentür.
Der Wächter öffnete und ließ ihn heraus.
Die Tür fiel wieder zu und Anton schlief bald danach ein. Er träumte wirr von Mama und Papa, die mit ihm redeten. Doch sie sprachen so leise, dass er sie nicht verstand. Sie waren in Tante Ellies Haus und Osman stand hinter ihnen. Anton erkannte

plötzlich, dass der Dschinn einen Knopf an ihrem Rücken auf »Lautlos« gedreht hatte.
Auf einmal packte ihn jemand an der Schulter und schüttelte ihn. Der Schein einer Öllampe fiel auf sein Gesicht.
»Aufstehen, Junge!«, bellte eine Stimme.
Anton blinzelte im Schein der Lampe und hob schützend die Hand vor die Augen. Ein fremder Mann stand über ihn gebeugt. Es war ein Wächter.
»Los, beeil dich«, sagte der Mann. »Wir bringen dich woandershin.«
Anton stolperte vor dem Mann her. Auf den Gängen war viel Bewegung. Männer eilten hin und her, einige waren bewaffnet. Und dann hörte Anton wieder das kratzende, scharrende Geräusch, nur dieses Mal viel lauter. Die Türken hatten die Außenmauern erreicht.
Der Wächter führte Anton einige Stufen hoch und einen langen Gang entlang. Er trug eine Pistole in der Hand.
»Versuch nicht, zu entwischen«, sagte er.
»Keine Sorge.« Anton schüttelte den Kopf. Er war viel zu müde, um abzuhauen. Kurz darauf betraten sie einen großen Innenhof. Über ihnen schimmerten die Sterne. Anton legte den Kopf nach hinten und schaute hoch. In tiefen Zügen sog er die kühle Nachtluft ein. Es tat gut, wieder draußen zu sein. Wann würden sie endlich Mehmed Alis Brief entziffern? Wann würde er wieder frei sein?
Der Wächter blieb stehen, klopfte an eine große eisenbeschlage-

ne Tür und übergab Anton an zwei Männer, die im Innern warteten. Sie brachten ihn in eine Zelle, die seiner alten sehr ähnlich war. Nur das Fenster war größer und durch das Gitter konnte Anton auf das Straßenpflaster sehen. Die schwere Tür wurde hinter ihm abgeschlossen. Als Anton sich auf die Pritsche sinken ließ, fiel ihm ein, dass er in der alten Zelle die Flasche mit dem Dschinn hatte liegen lassen. Jetzt hatte er keinen mehr, der ihn mit seinem alten Leben verband.

Egal, dachte er trotzig. Geschieht Osman ganz recht, dass er jetzt im Kerker versauert.

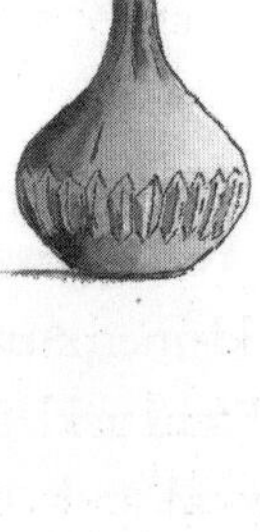

Bauchtanz bei Hussein

Die Zelte, die in der Ebene aufgeschlagen waren, leuchteten in der Abendsonne. Sie sahen aus wie die Zelte im Hauptlager, wenn auch weniger prächtig. Knödel zögerte. Hinter dem großen Felsvorsprung war sie vollkommen unsichtbar. Aber war es wirklich das Lager von Mehmed Alis Freund? Das Pferd nickte unruhig und schnaubte. Es roch die anderen Pferde. Knödel tätschelte ihm den Hals. Sie hatten einen langen Ritt hinter sich, die Rast am Waldrand war nur kurz gewesen. Immer wieder hatte es im Unterholz geraschelt und geknackt. Und einmal – Knödel war schon fast eingeschlafen – stand sogar ein Wildschwein wenige Meter von ihr entfernt und starrte sie mit kleinen Augen an. Das hatte gereicht. Knödel war wieder auf ihr Pferd geklettert und weitergeritten. In der Ferne hatte sie manchmal andere Reiter gesehen und sich jedes Mal unbemerkt in den Wald zurückgezogen.

Wenn sie Mehmed Alis Beschreibung richtig gefolgt war, musste sie jetzt am Ziel sein. Das Pferd zog an den Zügeln und machte einen Schritt nach vorn. Diesmal hielt Knödel es nicht zurück. Langsam stiegen sie den steilen Weg ins Lager hinab. Dort schenkte ihr kaum jemand Beachtung. Die Kämpfer sammelten sich um die Feuerstellen zum Essen. Knödel schaute sich suchend nach einem größeren Zelt um. Schließlich nahm sie ihren Mut zusammen und rief einem vorbeieilenden Mann zu: »Hussein Beyin tschadir nerde?«

Der Mann blieb stehen und deutete geradeaus. Er sagte ein paar Worte.

Knödel musste sich anstrengen, um ihn zu verstehen. Was sie im Harem gelernt hatte, kam ihr jetzt zugute. »Am blauen Zelt nach links, bis du zu einem roten Zelt gelangst.« Hatte er das gemeint?

Knödel bedankte sich und ritt weiter. Als sie vor dem roten Zelt abstieg, kam ein Wächter auf sie zu und hielt ihr Pferd.

»Hussein Bey?«, sagte sie wieder. »Ich komme mit einer Nachricht von Mehmed Ali.«

Kurz darauf führte der Wächter sie hinein. Hussein Bey war ein älterer Mann mit wallendem Haar und roten Bäckchen. Er erhob sich, als sie das Zelt betrat. »Saddet baad«, sagte sie, wie Mehmed Ali es ihr beigebracht hatte, und verneigte sich.

Der Grauhaarige lächelte und nickte. »Saddet baad.«

Knödel zog die versiegelte Röhre aus ihrem Gewand und überreichte sie ihm. Er berührte sie mit der Stirn. Dann rief er den Wächter, gab ihm Anweisungen und bat Knödel, mit ihm zu speisen.

»Aus welchem Teil des Landes kommt Ihr? Eure Zunge ist mir fremd«, sagte er und bot ihr einen Platz auf einem großen Kissen an. Knödel zögerte.
Über diesen Teil hatte sie mit Mehmed Ali nicht gesprochen.
»Ich bin Giaur im treuen Dienste des Herrn Ali«, antwortete sie nach einer Pause und drückte sich tiefer in ihr Kissen zurück.
»Ein Giaur. Verstehe.« Hussein Bey lächelte sie an und wechselte in ein gebrochenes Deutsch. »Auch wir sind Christen. Man hat uns unterworfen und gezwungen, mitzukämpfen.«
Knödel lächelte erleichtert zurück. Jetzt konnte sie mit dem alten Herrn plaudern. Ein kräftiger junger Mann betrat das Zelt.
»Mein Sohn Ibrahim«, sagte Hussein Bey. »Er wird sich gleich mit der Nachricht auf den Weg zum Sultan machen.«
Der junge Mann nahm die Rolle aus der Hand seines Vaters und verabschiedete sich mit einer festen Umarmung.
Kurz darauf trug ein Diener die Speisen auf. Knödel nahm sich eine große Portion Reis auf den Teller und schlang ihn hinunter. Hussein Bey erkundigte sich nach Mehmed Ali und dem grausamen Großwesir. Knödel wollte schon erzählen, dass sie sogar für den Wesir getanzt hatte. Aber dann fiel ihr rechtzeitig ein, dass sie ja ein Junge war.
Als hätte Hussein Bey ihre Gedanken gelesen, befahl er nach dem Essen eine Bauchtänzerin ins Zelt. Knödel sah zu, wie die schon etwas fülligere Frau bei ihrem Tanz den Bauch hin und her wand wie eine Kobra. Hussein bot Knödel ein Glas Wein an, doch sie lehnte höflich ab. Er trank reichlich davon und bot ihr

bald darauf die Bauchtänzerin an. Wieder lehnte Knödel höflich ab und fragte nach einem Schlafplatz. Vor Müdigkeit konnte sie kaum noch die Augen offen halten. Ein Diener stellte ihr eine Pritsche in einen Winkel des Zeltes und Knödel schlief sofort ein. Noch beim Hinüberdämmern lächelte sie zufrieden. Sie hatte es geschafft. Jetzt konnte Osmans Wunsch in Erfüllung gehen.

Beim Heimritt am nächsten Tag ließ Knödel sich Zeit und hielt sich immer dicht am Rand des Waldes. Die Schwalben flogen hoch und versprachen einen ungetrübten Tag. Knödels Laune war immer noch so rosig wie die Morgensonne, die das Tal in unwirkliches Licht tauchte. Bei ihrer Rast wickelte sie das kleine Proviantbündel aus, das ihr Hussein beim Abschied mitgegeben hatte. Es waren Äpfel darin und warmes Knoblauchbrot.
Als sie nach einer ruhigen Nacht endlich das Lager erreicht hatte, wollte sie gleich zu Jasmina gehen und von ihrem geglückten Abenteuer erzählen.
Aber es kam alles ganz anders. Shükrü, der Haremswächter, sah sie kommen, rannte ihr entgegen und zog das Pferd in den Schutz zweier Zelte.
»Steig ab. Schnell. Keiner darf dich sehen!«, flüsterte er auf Türkisch.
»Was ist passiert?«
Shükrü legte einen Finger auf die Lippen, band das Pferd an und führte Knödel durch einen Seiteneingang ins Haremszelt. Dort

brachte er sie in einen kleinen Raum und zog den Vorhang zu. Knödel setzte sich auf die Kissen und wartete. Kurz darauf kam Jasmina. Sie hatte dunkle Ringe unter den Augen und sie hatte offenbar geweint.

»Du hast es geschafft und du lebst«, sagte sie leise.

»Ich glaub schon«, antwortete Knödel stolz.

»Der Großwesir und alle anderen denken, du bist tot. Zerrissen von einem wilden Tier.«

»Na, umso besser. Dann kann ich ja von den Toten auferstehen.«

Jasmina blickte sie ängstlich an. »Hast du die Nachricht …?«

Knödel nickte. »Der Bote ist schon auf dem Weg zum Sultan.«

»Gepriesen sei Allah. Dann sind wir bald wieder in meiner geliebten Heimat.«

Jasmina trat einen Schritt zurück und musterte sie. »Du gibst einen hübschen Jungen ab.«

»Danke«, antwortete Knödel. »Man hat mir auch schon eine Bauchtänzerin angeboten.«

Jasmina lächelte. »Du hast hoffentlich abgeschlagen?«

»Aber ja. Wo ist Mehmed Ali?«

Jasmina wurde wieder traurig. »Setzen wir uns«, sagte sie. »Es ist viel geschehen, seit du von hier weggegangen bist.«

Jasmina sah Knödel mit ihren großen dunklen Augen an. »Mehmed Ali ist verhaftet worden. Er wird morgen früh dem Scharfrichter vorgeführt.«

»Was?!« Knödel wurde bleich.

»Ein Spion aus der Festung kam gestern hier an. Er brachte die

Nachricht, dass ein Bote aus unserem Lager gefasst worden ist. Dein Bruder. Die Wiener haben die Nachricht an den Sultan entziffert. Und auch, wer sie unterschrieben hat.«

»Oh Gott.« Knödel sah Jasmina hilflos an. War doch alles umsonst gewesen?

»Hier«, Jasmina hielt ihr einen versiegelten Brief hin. »Der Diener von Mehmed Ali hat ihn für dich gebracht.«

»Danke«, sagte Knödel und nahm den Brief. Jetzt liefen ihr die Tränen herunter und sie hatte nicht mal ein Taschentuch dabei.

»Du hattest ihn gern«, flüsterte Jasmina.

Knödel nickte. »Aber es ist nicht nur das.«

»Weine nur, weine. Es wird alles gut. Das Schicksal kann uns nicht immer nur die Fratze zeigen. Bald wird es uns wieder lächeln«, murmelte Jasmina und nahm ihre Freundin tröstend in den Arm. »Bald werden wir wieder in Stambul sein.«

Knödel schüttelte den Kopf.

»Nichts wird mehr gut. Gar nichts«, nuschelte sie in Jasminas Schulter und presste ihr Gesicht in die leicht nach Kamel riechende Seide.

Die Überraschung

Anton lag auf seiner Pritsche und schaute durch das schmale Gitterfenster auf die Straße. Er konnte die vorbeieilenden Beine beobachten. Einige waren barfuß, andere waren in Stiefel geschnürt, die vorn spitz zuliefen. Wieder andere hatten nur Lappen um die Füße gebunden. Tierbeine sah er auch. Mal wurde eine Herde Kühe vorbeigetrieben, mal ein paar grunzende Schweine.

Die Herren, die ihn wegen Mehmeds Botschaft ausgefragt hatten, waren nie mehr erschienen. Sie hatten ihn einfach vergessen. Friedrich hatte ihn schon gewarnt. Auch wenn bewiesen wäre, dass Anton die Wahrheit gesagt hatte, hieße das noch lange nichts. Die Beamten hatten andere Sorgen im Krieg. Ob sie ihn jetzt für immer in der Zelle vertrocknen ließen? Anton wagte gar nicht, sich das auszumalen. Der Gedanke war zu schrecklich.

Er spielte mit dem Silberkettchen, das ihm Mehmed gegeben hatte. Die Hand Fatimas hatte ihm auch nicht geholfen. Nie würde er Mama und Papa wiedersehen. Oder Knödel. Was machten sie jetzt wohl? Anton wischte sich die Tränen aus den Augen. Er sehnte sich nach Hause und fühlte sich furchtbar allein.

Nicht einmal Friedrich hatte er mehr gesehen, seit er in die neue Zelle verlegt worden war. Morgens und abends brachte ihm der Gefängniswärter Wasser, ein paar Stücke Brot und eine graue Suppe, die nach gar nichts schmeckte. Das Gitterfenster mit den vorbeieilenden Beinen war seine einzige Abwechslung.

Anton döste wieder ein. Das eintönige Leben in dieser feuchten, kalten Zelle machte ihn müde. Er war schon eingedämmert, als eine Stimme ihn weckte. Jemand rief leise durch das Gitter des Fensters seinen Namen.

»Anton! Anton! Bist du da?«

Anton blinzelte. Draußen war es schon dunkel geworden. Jemand kniete am Fenster. Anton stand auf und ging hinüber. Es war Friedrich. In seiner Hand hielt er die kleine goldblaue Flasche. Und er war nicht allein. Neben ihm stand Osman. Beide beugten sich zu Anton hinunter und beide strahlten ihn an.

»Osman! Friedrich!« Anton fasste sich an den Kopf. Träumte er?

»Ich hab deine Flasche in der Zelle unterm Strohsack gefunden«, sagte Friedrich und hob die Flasche gegen das Gitter. »Und dann hab ich ewig gebraucht, um dich zu finden.«

»Und wie kommt Osman hierher?«

»Na ja. Ich hab die Flasche erst einmal mit nach Hause genommen. Und dann, als ich wusste, wo du bist, wollte ich sie für dich mit Milch füllen. Als ich den Korken rauszog, kam da die Rauchwolke aus der Flasche und wurde zu ihm.« Er deutete auf Osman.

»Und dann?«

»Er hat mir alles erzählt. Mein Gott! Mir schwirrt noch der Kopf. Mit dir, deiner Schwester, den Wünschen. Alles!«

Friedrich schaute Anton mit leuchtenden Augen an. »Ich kann es noch immer nicht ganz fassen.«

Osman, der neben Friedrich stand, trippelte auf seinen Pantöffelchen. Er schien mit etwas herausplatzen zu wollen.

Aber Anton hatte ein ernstes Wort mit ihm zu reden.

»Dass du dich überhaupt hierher traust, Osman!« Anton hatte in der Zelle viele lange Nächte gehabt, um über alles nachzugrübeln. »Was hast du dir eigentlich die ganze Zeit gedacht? Wieso hast du mich als Boten zum Sultan geschickt? Du hast doch genau gewusst, dass du mir keinen Wunsch mehr erfüllen kannst!«

Der Dschinn hörte auf zu trippeln. Er war ein bisschen rot geworden.

»Du hast die ganze Zeit in deiner Flasche gehockt und seelenruhig zugeguckt! Ist dir klar, was ich alles mitgemacht habe? Erst bin ich fast erschossen worden, dann bin ich fast ertrunken. Und jetzt vermodere ich hier und komm nie wieder zurück!«

»Aber warte …«, rief Friedrich dazwischen.

»Nein, unterbrich mich jetzt nicht!«, schrie Anton und ballte vor Wut seine Fäuste um die Gitterstäbe. »Also, Osman, was hast du dir dabei gedacht? Oder seid ihr Dschinns immer so fies?«

Ein Zittern lief durch Osmans rundlichen Körper. Die Röte in seinem Gesicht vertiefte sich. »Ich hätte dir ja gern geholfen, aber ich war in der Flasche verkorkt!«, piepste er, als wäre er immer noch in der Flasche.

»Keine Ausreden! Warum hast du mich losgeschickt?«

Der Dschinn beugte sich etwas in die Hocke.

»Versteh doch!« Das Piepsen war in ein Klagen übergegangen. »Man beleidigt einen Dschinn nicht ungestraft. Der Großwesir hat meine Ehre in den Staub getreten. Über dreihundert Jahre lang habe ich mir Rache geschworen.« Osman stöhnte leicht auf bei der Erinnerung.

»Für einen Dschinn ist Rache süßer als türkischer Honig. Ich wollte sie schmecken und es gab nur einen Weg. Nur ein einziger Mann war mächtiger als der Großwesir, das war der Sultan in Stambul. Er musste erfahren, dass der Großwesir ihn verriet. Aber wer sollte ihm die Botschaft bringen? Wenn mein Herr Mehmed Ali es wieder versucht hätte, wäre er wieder …« Der Dschinn zog mit seiner flachen Hand von links nach rechts über seine Kehle.

Anton wollte antworten, aber diesmal ließ Friedrich sich das Wort nicht nehmen.

»Aber Anton, du hast das Beste ja noch gar nicht gehört«, rief er mit heller Stimme. »Das Beste ist, dass *ich* jetzt drei Wünsche frei habe, weil ich doch Osman aus der Flasche befreit habe.«

»Was?! Wie bitte?« Anton sah Osman ungläubig an. »Aber du warst doch gar nicht gefangen?«

»Gewissermaßen«, sagte der Dschinn, »war ich schon gefangen, denn du hattest voller Zorn den Korken in die Flasche gedrückt und wolltest mich nie mehr wiedersehen. Fünfhundert Jahre sollte ich in der Flasche weilen, hast du gesagt.«

»Das stimmt allerdings!«, sagte Anton.

»So wurde ich von einem neuen Herrn befreit«, fuhr Osman fort.

»Das gilt?«

»So will es die Ehre der Dschinn.«

Anton schaute von einem zum andern.

»Ich habe mir schon die Wünsche ausgedacht«, sagte Friedrich und seine Augen leuchteten vor Aufregung. »Mit seiner Hilfe!«

Der Dschinn sah Anton schamhaft an. »Bitte verzeih, kleiner Herr. Mit diesen Wünschen soll sich das Missratene wieder zum Guten wenden.«

»Eine zweite Chance?«, fragte Anton.

Der Dschinn nickte.

»Aber bei uns hat das mit der zweiten Chance nicht ganz hingehauen.«

»Die Wahl der Worte«, seufzte Osman verlegen. »Es liegt alles in der Wahl der Worte.«

Friedrich nickte. »Dieses Mal haben wir es uns ganz genau überlegt.«

»Gut. Was habt ihr euch überlegt?«

»Ich wünsche mir, dass du und deine Schwester und deine Freunde dort seid, wo ihr am liebsten wärt. Und dann wünsche ich, dass die Türken sich zurückziehen und wir wieder frei sind, und dann ...«

»Pass auf, du hältst die Flasche in der Hand«, wollte Anton ihm zurufen.

Doch dazu kam es nicht mehr. Antons Stimme wurde von einem tiefen Brummen übertönt. Es klang wie ein besonders wütender Schwarm Hornissen. Ein kaltes blaues Licht zuckte durch die Zelle. Friedrich warf sich zu Boden. Anton hörte noch, wie er seinen Namen rief, dann wurde alles schwarz.

Er wusste nicht, wie lange er im Nichts umherwirbelte, bis er sich schließlich in einem honiggelben Licht wiederfand. Anton rekelte sich und blinzelte. Wo war er gelandet? Er war noch ganz benommen. Aber der Geruch, kam ihm der nicht vertraut vor? Es roch nach Sandelholz und Lampenöl. Er schaute sich um und erkannte die Blumenmuster einer Zeltwand. Er saß im Harem neben Jasmina und seiner Schwester.

»Anton!«, riefen beide überrascht.

Er hatte gerade noch Zeit, Knödels Hand zu nehmen, da waren sie auch schon wieder im Wirbel gefangen.

Und dann geschah alles gleichzeitig.

Anton schrie: »Denk an zu Hause!« Doch er hörte nicht nur Knödels Stimme. Er hörte auch die Stimmen von Jasmina und Mehmed Ali. Er sah Mehmed Ali, wie er aus den Händen des verdutzten Scharfrichters gerissen wurde und mit ihnen durch das blaue Licht wirbelte. Er hörte Jasminas Stimme, die »Stam-

bul!« rief; wie durch einen Wasserschleier hindurch sah er einen türkischen Palast und Jasmina, die zwischen Springbrunnen auf eine breite Veranda zulief.
Dann gab es einen Knall – und plötzlich war es still.
Anton hörte ein leises Plätschern. Sonnenlicht fiel sanft durch die aus Stein gemeißelten Blumenmuster in der Decke über ihm. Er und Knödel lagen auf dem Boden des Badehauses neben dem Wasserbecken mit den blauen Mosaiken.
»Hast du das gesehen?«
Knödel nickte. Sie sah sich fassungslos um. »Anton. Wir sind zu Hause! Wir sind wirklich daheim!« Sie jauchzte und fiel Anton um den Hals.
In diesem Moment wurde der Vorhang zum Badehaus zur Seite gerissen. Mama und Papa standen in der Tür. Sie waren noch im Bademantel.
»Anton! Fanni! Wo wart ihr denn?«, schrie Mama. Sie rannte zu ihnen hinüber.
»Auf einer langen Reise«, sagte Anton und fiel ihr in die Arme.
Mama verstand überhaupt nichts. »Was habt ihr denn die ganze Nacht gemacht?«
»Wir waren außer uns vor Sorge«, rief Papa. »Ihr könnt doch nicht einfach ohne ein Wort die ganze Nacht abhauen!«
»Die ganze Nacht?« Knödel starrte ihn an. »Du meinst, Wochen.«
Noch immer verstanden ihre Eltern nicht.
»Als wir gestern Abend zurückgekommen sind, wart ihr nicht

da«, sagte Mama. »Ich hab mir solche Vorwürfe gemacht. Ich dachte, wegen der ewigen Streiterei«, sie sah Papa an, »hattet ihr einfach genug und seid …« Sie zuckte hilflos mit den Schultern.

»… zu Lilly gegangen«, beendete Papa den Satz.

»Es hat uns so leidgetan, wir haben uns so scheußlich gefühlt«, schluchzte Mama jetzt plötzlich heftig.

Anton und Knödel sahen sie überrascht an.

»Aber nein!«, rief Anton. »Es war ganz anders. Aber ihr werdet uns sowieso kein Wort glauben!«

»Wir glauben's ja selber kaum«, sagte Knödel, die vor Erleichterung noch immer zu schweben schien.

»Also, wenn ihr's wirklich wissen wollt«, sagte Anton, »wir waren mit unserem Flaschengeist im Lager der Türken – hier vor Wien.«

Der andere Friedrich

Vieles hatte sich verändert seit dem Morgen, als Antons Eltern sich endlich in die Kissen hatten plumpsen lassen und die Kinder ihnen die ganze lange Geschichte erzählten. Papa und Mama hatten unter Kopfschütteln und lauten Ausrufen gelauscht. Es war ja kaum zu fassen, was ihre Kinder alles durchgemacht hatten. Aber erst in den Tagen danach bemerkten sie, wie sehr sich Antons Schwester verändert hatte. Sie wollte nicht mehr Knödel genannt werden, sondern wieder Fanni. Sie war nicht mehr so launisch und machte sich nicht mehr so oft über ihren Bruder lustig – und wenn, dann ließ Anton es sich nicht mehr so leicht gefallen. Und jeden Abend, wenn sie allein in ihrem Zimmer war, zog sie den Brief aus ihrer Tasche, den ihr der Diener Mehmed Alis gegeben hatte. Er war schon vergilbt, als wäre er durch die Zeitreise gealtert, und mit wunderschönen Schriftzeichen bedeckt. Fanni konnte sie nur nicht lesen.

Papa hatte bald darauf seine Lebensversicherung aufgelöst und von dem Geld Heizung, Strom und Telefon legen lassen. Die Handwerker waren staunend durch den Palast gegangen und die Zeitschrift *Hübscher Wohnen* hatte sich für eine Reportage »Orientalischer Luxus mitten in Wien« angemeldet. Papa hatte auch wieder angefangen, als Redakteur bei einer kleinen Zeitung zu arbeiten, und wollte an den Wochenenden lieber etwas mit Anton unternehmen, statt am Palast herumzubasteln.

Anton genoss den Rest seiner Ferien, die so langweilig angefangen hatten. Bald würde die Schule wieder losgehen.

An einem der letzten freien Nachmittage fiel ihm ein, dass er noch gar nichts dafür vorbereitet hatte.

»Ich brauch noch Hefte und Stifte und einen Zirkel«, sagte er zu seiner Schwester. »Komm doch mit. Wir könnten zusammen einkaufen gehen.«

Weil Knödel auch noch ein paar Bücher brauchte, gingen sie zusammen los. Als sie alles erledigt hatten und auf dem Heimweg die Straßen entlangschlenderten, sagte Knödel: »Komm, wir gehen noch ein Eis essen.«

Sie hielten Ausschau nach einer Eisdiele, als Anton plötzlich stehen blieb.

»Hier lang«, sagte er. »Die Straße runter. Dort ist der Laden, wo ich damals die Flasche gefunden hab!«

»Aber Anton«, sagte Knödel.

Doch ihr Bruder steuerte schon auf die enge Gasse zu und es blieb ihr nichts übrig, als ihm zu folgen. Vor dem kleinen Eckladen mit altmodischer Auslage blieb Anton stehen.

»Das ist er«, sagte er feierlich. Knödel musterte die zu einer Pyramide aufgetürmten Konservendosen und die verstaubten Kondensmilchkartons im Schaufenster.
»Na, sieht ja sehr einladend aus«, sagte sie. »Und jetzt?«
Sie hatte sich schon zum Gehen gewandt, als ihr Blick auf das verblichene Schildchen neben der Eingangstür fiel.
»Hey, sieh mal«, sagte sie überrascht. »Der Ladenbesitzer heißt auch Friedrich. Wie dein Freund.«
Anton schaute auf das Schild. Tatsächlich, dort stand in zierlichen Buchstaben *Friedrich Benda.*
»Komm!« Anton öffnete die Tür.
Das Glöckchen bimmelte. Ein alter Mann räumte gerade ein paar Dosen ins Regal.
Anton starrte ihn an. Er trug einen hellen Kittel über dem Anzug und in seinem grauen Haar schimmerten ein paar rötliche Strähnen. War das derselbe Mann, der ihm damals die Milch verkauft hatte? So genau hatte er nicht auf ihn geachtet. Er hatte es sehr eilig gehabt, die Flasche aus dem Laden zu schmuggeln.
»Starr ihn nicht so an«, zischte Knödel.
Der Mann bemerkte sie erst jetzt. Er richtete sich auf und sah sie scharf an. Anton senkte beschämt den Blick.
»Kann ich etwas für euch tun?«
»Nein, danke«, sagte Knödel und legte die Hand auf die Türklinke.
»Ja ... doch«, sagte Anton zögernd und ging auf den Ladenbesitzer zu. Er wusste nicht genau, was er ihn fragen wollte, aber er

musste unbedingt mit ihm sprechen. »Entschuldigen Sie«, fing er an. »Aber ich muss Sie etwas fragen. Hatten Sie zufällig einen Vorfahren, der bei dem Krieg gegen die Türken hier auf der Festung Wien mitgekämpft hat und der Friedrich hieß?«
»Anton!«, zischte Knödel, der alles immer peinlicher wurde.
Doch der Mann schien nicht überrascht von Antons Frage.
»Schon möglich«, antwortete er und es schien, als blitzten seine Augen kurz auf. Er sah Anton forschend über seine Lesebrille hinweg an. »Warum möchtest du das denn wissen?«
Anton zuckte mit den Schultern. »Es interessiert mich ... sehr«, sagte er.
»Aha.« Der alte Mann nickte. »Aber die Frage wird dir wohl heute kaum einer beantworten können. Der Krieg liegt schließlich über dreihundert Jahre zurück.«
»Ich will auch niemand anders fragen«, sagte Anton. »Nur Sie.«
Mit unbestimmtem Ausdruck schaute der alte Mann ihn an.
»Hast du eine Vorliebe für diese Zeit?«
»Oh ja«, sagte Anton. Er zögerte, dann holte er tief Luft. »Sagt Ihnen der Name Osman etwas?«
Nun wurde der Blick des alten Mannes etwas schärfer.
»Kann schon sein«, sagte er. »Schließlich hieß ein ganzes Reich nach ihm.« Er legte den Kopf zur Seite und sah Anton wieder lange an. Seine Augen schimmerten. »Wisst ihr was? Ich schlage vor, ich schließe den Laden für heute und dann erzählen wir uns etwas über die Osmanen und die Belagerung Wiens.«
Knödel zögerte, aber Anton nickte begeistert. Nachdem der alte

Herr abgeschlossen und das Rollo heruntergezogen hatte, zeigte er ihnen eine Tür an der Seite des Ladens. Dahinter lag eine enge Holztreppe, die nach oben in ein kleines Wohnzimmer führte. Die Wände waren bis oben hin mit Bücherregalen vollgestellt. Zwei kleine Fenster wiesen zur Straße, in der Mitte des Raums stand ein großes, abgewetztes Sofa.

»Darf ich euch eine Tasse Tee zubereiten?«, fragte ihr Gastgeber und verschwand in einem Nebenraum. Knödel ließ sich auf das Sofa fallen. Anton schaute sich die Bücher an. Viele davon schienen uralt zu sein.

Als Herr Benda mit der Teekanne zurückkam und sie auf dem verzierten Couchtisch abstellte, fiel Antons Blick auf das verschlungene Muster.

»Türkisch?«, fragte er und deutete auf die Kanne.

Herr Benda nickte.

»Sie kennen sich da aus?«, fragte Anton weiter und zeigte auf die Bücher.

»Du auch, wie mir scheint«, sagte der Alte und goss ihnen Tee ein, dessen Jasminduft das kleine Zimmer erfüllte. »Kennst du auch das?« Er ging zum Bücherregal und zog ein kleines Bändchen heraus, das mit Goldornamenten und arabischen Zeichen bedruckt war.

»Was ist das?«, fragte Anton.

»Das sind Berichte über den Feldzug der Türken. Sie wurden vom Hofschreiber des Sultans verfasst. Sein Name wird euch vielleicht nichts sagen. Er hieß Mehmed Ali.«

»Mehmed Ali?«, rief Knödel.

Die Geschwister schauten sich mit großen Augen an.

Der alte Mann nickte und setzte sich. »Und ihr wollt also etwas über diese Zeit erfahren?«

»Allerdings«, sagte Anton.

Die Kinder beugten sich neugierig vor. Der alte Benda sprach sehr leise.

»Ihr wisst, Wien galt fast als verloren. Es hat nicht viel gefehlt und die Osmanen hätten die Festung erobert. Der Bürgermeister sah nur einen Ausweg. Ein Bote, verkleidet als Türke, musste sich durch den Belagerungsring schlagen und unseren Verbündeten eine Nachricht bringen. Eine lebensgefährliche Mission. Der Bote zog los, doch er wurde entdeckt und von den Türken gefangen genommen.«

»Aber dann war doch alles verloren?«, sagte Knödel.

»Nein.« Der alte Herr schüttelte den Kopf. »Die Botschaft hat die Verbündeten trotzdem erreicht. Jemand aus dem türkischen Lager hat sie herausgeschmuggelt.«

»Jetzt wussten die Verbündeten, wie knapp die Zeit war. Sie zogen ihre Truppen zusammen und bereiteten einen großen Angriff vor.«

Anton beugte sich noch weiter nach vorn, um kein Wort von dem zu verpassen, was Herr Benda mit leiser Stimme erzählte.

»Der Großwesir hatte das natürlich mitbekommen. Aber er machte einen gewaltigen Fehler. Er teilte seine Truppen auf. Die eine Hälfte belagerte immer noch Wien. Die andere Hälfte zog los, um gegen unsere Leute zu kämpfen. Doch unsere Truppen waren stärker – wir besiegten die Türken und stürmten ihr Lager. Kara Mustafa Pascha ergriff die Flucht und wir waren endlich frei!«

Herr Benda hatte die Hände gefaltet. Versonnen schaute er auf den Boden.

»Wissen Sie zufällig, ob der Sultan je eine Botschaft von einem Mann namens Hussein Bey bekommen hat?«, fragte Knödel.

»Oh ja, das hat er offenbar.« Herr Benda blätterte in seinem Buch.

»Mehmed Ali bezeugt, dass Husseins Botschaft in Istanbul einen Haremswächter erreichte. Der Haremswächter brachte die Nachricht dann dem Sultan. Doch da waren die osmanischen Truppen schon auf der Flucht.«

»Und was passierte mit dem Großwesir?«, fragte Anton.

»Der Sultan war zornig und befahl seinen Tod. Zwei Abgesandte kamen zum Großwesir und zeigten ihm die Rosshaarschlinge. Er betete noch das Mittagsgebet, hob mit eigenen Händen für die Henker seinen Vollbart hoch und wurde erdrosselt.«

»Pffff«, machte Anton und ließ die Luft durch die Zähne entweichen.

Knödel dachte an den Mann mit dem Habichtsgesicht. Jasmina war ihm zum Glück entkommen und zurück bei ihrer Familie.

Aber jetzt fiel ihr etwas ein. Sie holte ihre Brieftasche aus der Jacke und zog das vergilbte Papier hervor.

»Können Sie das lesen?«, fragte sie.

Der alte Mann schob seine Lesebrille zurecht und betrachtete den Brief. Er nickte.
»Ja, doch, natürlich«, sagte er. »Die Schrift habe ich lange nicht mehr gesehen, aber ...« Langsam las er vor:

»Kleine Blume aus einer anderen Welt – ich kenne nicht einmal deinen wahren Namen. Wenn dieser Brief dich erreicht, sitze ich schon an der Tafelrunde der Ewigkeit. Auch wenn meine Seele nicht mehr in der irdischen Welt weilt, sei mein Dank für alles, was du getan hast, unvergessen.
Dein Mehmed Ali.
– Neben der Bank im Irrgarten ruht eine Erinnerung an mich.«

Herr Benda ließ den Brief sinken. Knödel war ganz rot geworden. Vorsichtig steckte sie den Brief wieder ein.
»Vielleicht ist das, was er vergraben hat, immer noch da!«, rief Anton aufgeregt. »Wir sollten mal nachschauen.«
»Das ist viel zu lange her. Außerdem kriegen wir tierischen Ärger, wenn wir in öffentlichen Parks rumbuddeln«, antwortete Knödel schnell.
»Einen Versuch wäre es immerhin wert«, sagte der alte Herr Benda, der sich jetzt langsam erhob.
Knödel reichte ihm einen Arm. Er lächelte sie an.
»Aber nun solltet ihr gehen.« Er deutete auf das Fenster, hinter dem es schon dämmerte. »Sonst machen sich eure Eltern Sorgen.«

Auf dem Weg zur Treppe bemerkte Anton ein Regal mit einer kleinen Sammlung von CDs. Er drehte seinen Kopf schief, um die Titel zu entziffern.

»Sie mögen Wiener Walzer?«, fragte er Herrn Benda, der schon vor ihnen die schmale Treppe hinabstieg.

»Schon immer. Seit ich ihn mit dir zum ersten Mal gehört habe«, murmelte Herr Benda, während er die laut knarzenden Treppen hinunterging.

Hatte Anton das gerade richtig verstanden? Er wollte nachfragen, doch der Alte hatte schon die Ladentür aufgeschlossen und verabschiedete sie.

»Auf Wiedersehen«, sagte er und blickte ihnen versonnen nach. »Kommt mich bald wieder besuchen.«

Schweigend liefen die Geschwister zur Straßenbahn. Anton war so sehr in seine Gedanken vertieft, dass er fast gegen eine Laterne geprallt wäre.

»Anton, pass doch auf!« Knödel packte ihn noch rechtzeitig am Arm.

Anton starrte sie an. »Das war Friedrich«, sagte er. »Das war wirklich Friedrich!«

»Natürlich«, sagte Knödel. »Wer denn sonst?«

»Nein, versteh doch. Es war *der* Friedrich. Sein dritter Wunsch. Er hat sich gewünscht, so alt zu werden, dass er unsere Zeit erleben kann! Osman muss ihm viel davon erzählt haben. Verstehst du? Deswegen konnte er auch den Brief lesen. Und als er die Treppe runterging, hat er gesagt, dass er seinen ersten Walzer mit mir gehört hat. Und das stimmt! Davon habe ich ihm nichts erzählt. Woher hätte er das sonst wissen können?«

Anton war ganz aufgeregt. Knödel legte ihm beruhigend die Hand auf den Arm. Doch Anton wollte sich nicht beruhigen lassen. »Als ich das erste Mal im Laden war, saß dort ein anderer. Da bin ich mir jetzt ganz sicher!«

»Aber wie kann das sein?«, fragte Knödel. »Ich versteh das nicht.«

»Dadurch, dass Osman die Wünsche von Friedrich erfüllt hat, hat sich die ganze Zukunft verändert«, rief Anton.

Knödel starrte ihren Bruder an, langsam begann sie zu begreifen.

»Du hast recht! Und nicht nur die Zukunft von Friedrich«, sagte sie. »Sondern natürlich auch die von Jasmina und Mehmed Ali.«

»Meinst du?«, fragte Anton. »Ach, mir schwirrt der Kopf. Wenn ich das alles nicht mit dir erlebt hätte, würde ich jetzt denken, das Ganze wäre nur ein Traum. Glaubst du, Friedrich kann uns mehr darüber erzählen?«, fragte er, immer noch aufgeregt.

»Warum nicht?«, sagte Knödel. »Du kannst ihn ja bald wieder besuchen und dann über alles mit ihm sprechen.«

Anton nickte.

»Komm, Papa und Mama warten auf uns«, rief Knödel. »Wir müssen uns beeilen.«

Sie nahm Anton an der Hand, und als die Straßenbahn um die Ecke bog, rannten sie beide los.

Saddet baad

Es war ein kühler, regnerischer Herbstabend. Knödel hatte zwei Schäufelchen in ihrer Handtasche versteckt. Sie waren mit der Straßenbahn zum Augarten gefahren und mussten jetzt feststellen, während sie durch die Wandelgänge schlenderten, dass der ehemalige Kaisergarten heute ganz anders aussah. Sie gingen an dem Springbrunnen vorbei, in dem Osman sich damals erquickt hatte. Die Apfelbäume waren längst gefällt. Auch den Irrgarten gab es nicht mehr.

»Er war nicht weit vom Springbrunnen entfernt«, sagte Anton. Suchend sahen die beiden sich um.

»Lag er nicht zwischen dem Springbrunnen und dem Tiergehege?«, fragte Knödel. »Doch, ich glaube, ungefähr hier!« Sie deutete auf eine Wiese.

Die Geschwister liefen hinüber und entdeckten im Schatten einer alten Baumgruppe eine kleine Bank mit verzierten Beinen.

»Das war sie – das ist die Bank!«, rief Anton.

Er sah sich um, ob sie ungestört waren, holte die Schaufel aus Knödels Tasche und fing an zu graben. Das hatte er in diesem Sommer mit Papa oft genug gemacht. Nach einer Viertelstunde verlor seine Schwester die Hoffnung.

»Es ist zu lange her«, sagte sie. »Wir finden hier doch nichts mehr.«

»Gib mir noch ein bisschen Zeit«, sagte Anton und grub weiter.

Plötzlich schrie er auf. »Hier!«

Triumphierend hielt er ein Kästchen hoch. Er befreite es von der Erde und öffnete es vorsichtig. Auf verblichenem Samt lag ein zierlicher goldener Ring. Anton hielt ihn gegen das Licht und sah, dass Buchstaben in ihn eingraviert waren. Fanni, die ihre Stunden bei Jasmina nicht vergessen hatte, las langsam: »*Saddet baad* – Möge das Glück geschehen.«

Nachwort

Den Großwesir Kara Mustafa Pascha hat es wirklich gegeben. Im Sommer 1683 stand er mit einem riesigen türkischen Heer vor der Stadt Wien. Auch den Gesandten des Sultans, der den Großwesir vergeblich zum Rückzug aufforderte, gab es wirklich. Die Mauern der Festung Wien waren schon vermint, als herbeigeeilte Hilfstruppen aus Deutschland und Polen das Kriegsglück wendeten. Wie durch ein Wunder gelang es der fast schon besiegten Stadt, die übermächtigen Belagerer in die Flucht zu schlagen. Warum der Großwesir in letzter Minute zauderte, ist bis heute ungeklärt.
In den Berichten über die Belagerung Wiens, verfasst von einem gewissen Mehmed, kommt übrigens auch der Ziegenvogel vor.